Den helt særlige pinsefrokost

Andre udgivelser af samme forfatter

Den digitale litteraturs velsignelser

Dovne Kenneth – eller troen på utroskab (roman)

Dalredage (diesel-haiku)

Natvilje (roman)

Jagten på en far (roman)

På kontoret for glemte sager (noveller)

Vera og Bjarnes heftige forår (roman)

Salatspiserens hemmelighed (roman)

Flyve-Havre 1 – 2 – 3 – 4 - 5

Sjælehandleren (noveller)

Tanker om forår og tøvejr (digte)

Connies Bog

Kun 550 kvinder pr. mand (noveller)

Jamen, det er så svært at gå på vandet om sommeren, sagde hun

Tragedien om Ofelia (Hæfte 1)

Yin-yang maskinens genvordigheder

Den fortabte datter (Barske julehistorier)

I tilgivelsens labyrint

Henrik Neergaard

Den helt særlige pinsefrokost

Og andre historier

fra gamle dage

Den helt særlige pinsefrokost

Copyright Henrik Neergaard 2024

Forlag: BoD · Books on Demand GmbH, In de Tarpen 42,

22848 Norderstedt, Tyskland

Tryk: Libri Plureos GmbH, Friedensallee 273,

22763 Hamborg, Tyskland

ISBN: 978-87-4306-004-8

Den helt særlige pinsefrokost

Altså, jeg havde jo lovet at fortælle noget om gamle dage, den gang da mange ting var anderledes. Jeg kan måske ikke huske alle detaljer helt præcist, så I må ikke hænge mig op på, om der måske indimellem er noget, som andre ville beskrive på en lidt anderledes måde. Det skal jo også helst fortælles på en måde, så det virker lidt interessant, så der er også noget, jeg bare springer over eller måske har gjort lidt mere farverigt for underholdningens skyld. Sådan er det jo.

Men okay, så begynder jeg altså at fortælle noget af det, jeg kan huske fra gamle dage.

Jeg må hellere begynde med begyndelsen. Altså begyndelsen på den der mærkelige sommer, eller det var faktisk hele det år, der var ret usædvanligt, sådan som jeg husker det så tydeligt. Men nu begynder jeg altså.

Det var en pinsedag. En forårsdag, hvor de mest udvalgte medlemmer af familien havde samlet sig til en af de traditionsrige pinsefrokoster, som var blevet afholdt første pinsedag lige så langt tilbage, som nogen brød sig om at huske. Det kan godt være, at vores familie ikke rummer nogle særlig kendte eller berømte personer. Vi har ikke frembragt nogen ministre, eller bankdirektører, eller professorer, eller filmskuespillere. Jeg er nødt til at indrømme det. Ingen store mænd. Heller ingen store kvinder, for den sags skyld. Måske lige bortset fra tante Gerda, der vejede 125 kg og var 1,95 høj, og som af mændene blev beskyldt for at bevæge sig med en elefants ynde og vedholdenhed gennem samtlige de porcelænsbutikker, glasforretninger og andre sammenhænge, som hun kunne få adgang til. Men som ikke desto mindre var en af de mest effektive rengøringskoner og trappeafvaskere, som denne verden, og især etageejendommene i midtbyen nogensinde har set. Og som tilmed kunne lide. Det sagde hun i hvert fald. Jeg har selv hørt hende sige det et sted mellem 5000 og utallige gange gennem hele min opvækst. Mændene var jo bare sure over, at hun ikke var sådan en lille nipsgenstand, som de kunne få til at danse på bordene eller tage på skødet, når de havde fået for meget at drikke, og så var det såmænd ligegyldigt, om det var ude i byen eller til en mere privat sammenkomst, bare der var sprut nok. Og det var der. Men hvis de havde fået hende til at danse på bordene, så ville bordene nok bare være braset sammen, og det ville mændene også, hvis de havde fået hende til at sætte sig på skødet af dem. I øvrigt kunne hun drikke stort set dem alle sammen under bordet, hvis hun ville. Hun kunne i det hele taget alt, hvad hun ville. Og hun gjorde det. Til mændenes store fortrydelse. Det havde de rigtig godt af. Men de lærte bare ikke rigtig noget af det alligevel.

Nå, men det var egentlig bare et lille sidespring. Det, jeg ville sige, var bare, at vores familie ikke har frembragt nogen personer, der har haft en fremtrædende position i samfundet. Ja, der var jo ganske vist min grandfaster Katrine, som i mange år var overlæge på et større købstadshospital. Hun var dr. med., og det hele. Hun reorganiserede det lidt gammeldags hospital og fandt på flere nye og bedre behandlingsmetoder, der højnede standarden. Derfor var hun da også almindeligt anerkendt inden for lægeverdenen. Men af en eller anden grund fik hun aldrig den samme anerkendelse inden for familiens rammer. Måske blev hun dengang betragtet som for meget af en undtagelse fra reglen, til at hun rigtig blev taget alvorligt.

Men altså. Selv om vores familie ganske vist ikke har frembragt nogen berømte mænd, så er der i hvert fald én ting, som vi er blevet berømte for, og det er, at vores familie, ja denne her gode gamle familie, har frembragt nogle af de mest fabelhaftige pinsefrokoster, der nogensinde har fundet sted i dette land, og sikkert også i andre lande.

Det var i hvert fald helt sikkert den absolut uantastede mening i familien. Ikke blot, blandt dem, der selv deltog hvert år, men også blandt alle dem, der ikke blev inviteret med, for det gjorde nemlig langtfra alle. Den oprindelige begrundelse for dette var jo, at tante Inger og onkel Robert, der altid lagde hus til, faktisk boede i et temmelig lille hus, hvor der ikke var plads til ret mange gæster ad gangen. Og da i hvert fald slet ikke og langt fra alle familiens medlemmer. Det var jo en stor og vidtforgrenet familie med mange lokale underafdelinger rundt omkring i landet. Nogle af dem boede også alt for langt væk, til at det blev anset for relevant for dem at deltage.

Med tiden blev det en stor ære, en hædersbevisning og en stor udmærkelse at til blandt dem, der blev inviteret med. Noget, der kun vederfaredes den absolutte inderkreds i familiens dynasti. Men det betød på ingen måde, at beretningerne om de fantastiske pinsefrokoster blev spor mindre farverige blandt de mange, der måtte nøjes med at stå på sidelinjen, så at sige, og nøjes med at høre legenderne om pinsefrokosterne blive fortalt eller genfortalt gennem flere led og på lang afstand af de virkelige begivenheder. Men det blev beretningerne bestemt ikke ringere af. Tværtimod. Når en bestemt episode fra en af pinsefrokosterne blev genfortalt i ottende eller tiende led, var det som regel endnu mere farverige, eksotisk og fantastisk, end når man selv havde været til stede og oplevet det. Så hvis der er nogle, der synes, at min beretning om det virker lidt halvkedelig og ikke vildt ophidsende, så skyldes det simpelthen, at var til stede og at jeg derfor bare beskriver det, der rent faktisk foregik. Jeg hører nemlig til dem, der plejer at blive inviteret med hvert år.

Pinsefrokosten blev altid holdt om lørdagen. Altså pinselørdag. Det var den, der var den store frokostdag i vores familie. Store frokostdag. Kæmpefrokostdag. Kolossal frokostdag. Fortsæt selv.

Det var nemlig kolossale mængder af mad, der blev båret frem ved disse lejligheder. Jeg skal ikke trætte dig med at nævne alle retterne – alle de kolde og varme og lune retter, og de mængder af øl og snaps, der blev frembåret ved denne højtidsstund. For et moderne menneske som dig ville det måske ikke lyde særlig imponerende.

Men nu skal du regne med, at det her var for mange år siden, før kan begyndte at gå så meget op i alt det der med finere madlavning og små franske oste og øl fra de her små mikrobryggerier og en generel holdning til mad, der går på at den skal reduceres til det mindst mulige.

Nej, de retter, der blev serveret her, var såmænd ikke så epokegørende, nytænkende eller fedtbegrænsede, så det gjorde noget. Snarere tværtimod. Det var absolut ikke slankemad. Det var dybt traditionel mad. Rigtig gammeldags, så enhver moderne helseguru ville have slået syv kors for sig.

Det var frikadeller af hjemmerørt fars. Lammekølle, ribbensteg, med rødkål og surt og hele svineriet, medister, blodpølse. Fem forskellige slags sild. Den slags mad var det. Ja, det var faktisk først i de senere år, da pinsefrokosten allerede havde passeret sit zenith, at sådan noget nymodens noget som fersk røget laks, eller endda gravad laks, begyndte at gøre sin entré på det store kolde pinsefrokostbord. Det lyder måske lidt plebejisk, lavstatusagtigt, men var det altså dengang, i de gode gamle dage. Det var jo ikke de store kulinariske excesser, der prægede det. Det enestående bestod snarere i de mængder af mad, der blev konsumeret. Og ikke mindst mængderne af drikkevarer.

Det var som om folk havde bedre appetit dengang. Øllet, vi drak, ja det var ganske almindeligt Hof og Tuborg. Ikke nogen dikkedarer der. Lige bortset fra Børge der altid drak Blå Nykøbing og Kurt, der insisterede på, at hans pilsnere skulle være fra Gislinge Bryggeri. Ja, det var fra et eller andet sted langt ude på landet, hvor han engang i sin ungdom havde været under uddannelse som mejerist på det lokale andelsmejeri, og så var det blevet HANS ØL. Sådan kan det jo gå her i tilværelsen. Men VORES ØL, det var Hof eller Tuborg. Ikke fordi det var lige meget, hvad man drak. Undertiden var der nærmest krig på kniven mellem Hof-tilhængerne og Tuborg-tilhængerne. men man bliver såmænd akkurat lige så fuld på en akkurat lige så effektiv måde som med det der nymodens bryg fra alle de der moderne mikrobryggerier. Og snaps var der jo også, både til silden og til osten og indimellem, og når man skålede, og når man råbte hurra. Og det var den gode gammeldags Rød Aalborg, ingen tvivl om det.

Ingen dikkedarer, tak

Der var altså ikke så mange dikkedarer, hverken med maden eller med drikkevarerne. Men tror du, det ødelagde stemningen? Nej, overhovedet ikke. Jeg vil nærmest tilføje: tværtimod. Men nu var det hele selvfølgelig også anderledes dengang. Vi kendte jo slet ikke de der fancy moderne specialiteter, som vi får serveret i dag. Det var nok derfor. Vi savnede det ikke, for vi vidste ikke, at det fandtes. Eller at den slags overhovedet kunne være relevant for os. Ellers havde det nok ikke kunnet lade sig gøre. Så havde vi sikkert siddet og tænkt, at det var da en underlig fattig omgang, det her, der manglede da noget. Men det syntes vi faktisk slet ikke, at der gjorde. Vi nød i den overflod af mad og drikke, der var.

Og som sagt, jeg kan godt fortælle dig, at der er aldrig blevet sat så meget pinsemad og så mange pinsepilsnere og meget pinseakvavit til livs af så forholdsvis lille en forsamling, som det jo trods alt var. Hvor mange var det egentlig, der deltog? Ja, det spørgsmål har jeg flere gange fået. Men det var vel faktisk kun en 15-16 stykker, ikke flere. Nej, flere var det faktisk ikke. Men nu skal du huske på, at det her, det var jo så at sige vores families kernemedlemmer. Alle dem, der ligesom var noget i familien. Dem, vi regnede for noget. Dem, der havde en central placering i familien og den slags, som ikke var så præcist formuleret, men som alle alligevel forstod. Som jeg vist har sagt før, så var det jo ikke for alle og enhver, det her.

Likør til kaffen

Men som snart flere gange sagt, det her år, jeg vil fortælle om her, det startede altså med en af de allermest overdådige af alle disse gevaldigt overdådige pinsefrokoster. Sådan husker jeg det.

Som den allermest fantastiske pinsefrokost. Endnu mere fantastisk end de andre.

Men det var selve frokosten, selve måltidet. Det var naturligvis slet ikke slut med det. Så om eftermiddagen, efter at alle havde spist sig en pukkel til og ladet både silden og osten svømme godt og grundigt, altså lørdag eftermiddag, pinselørdag naturligvis, efter at den værste sult og trøst var blevet stillet og maverne var blevet fyldt godt og grundigt op med begge dele, så forføjede vi os til de frastødende lokaler. Det var jo naturligvis de tilstødende lokaler, det vil sige dagligstuen, for huset var jo ikke så stort. Men det var sådan et af datidens vittige udtryk, når man i sådan et festligt lag brugte et udtryk som de tilstødende lokaler, og så lavede lidt om på det og kaldte det de frastødende lokaler. Den slags var der meget af dengang.

Og der gik man så ombord i kaffen og cognacen. Nej, det var nok alligevel ikke cognac. Det var først nogle år senere, de begyndte på det. Nej, dengang da det her foregik, da var det stadig likør, vi drak til kaffen. Sådan noget sødt stads med noget halvstærkt sprut i. Kakaolikør, var der noget, der hed. CLOC, hed en anden likør. Brun Heering og Hvid Heering. Den slags. Men det kender du nok slet ikke her i dag. Og vær du glad for det. Det er gået helt af mode. Men dengang syntes vi, at det smagte fantastisk. Det var lige det, der satte prikken over en kop god stærk kaffe, som var det, der satte prikken over i'et i frokosten. Ja, pinsefrokosten, var det jo. Der var i'et.

En eller anden burde skrive en bog om likørernes betydning i dansk madkultur. Lige fra dengang, da man drak rasende meget likør, så snart man bare kunne komme til det. Jeg husker ikke en eneste familiefest fra dengang, stor eller lille, frokost eller middag med suppe, steg og is, hvor der ikke var likør til kaffen. Hele historien om de forskellige gamle likører lige fra dengang og så frem til i dag, hvor det vist nærmest er blevet et skældsord, eller bare lige så stille er gået af mode. I hvert fald de likører, vi drak dengang. Men dengang, da hørte det med, forstår du, det hørte med til en bedre middag – for slet ikke at tale om en dårligere middag. I dag, da kan man med lidt held bruge en god cognac til at dække over en lidt dårlig eller mislykket middag. Og en dyr fransk rødvin tjener såmænd ofte det samme formål, hvis du spørger mig. Men sådan var det ikke dengang. Sådan noget snyd- og camouflagesprut var der ikke over det dengang, slet ikke, det var et helt ukendt begreb. Der var en helt anden ligefremhed over det. Uanset hvor dårlig eller mislykket middagsmaden var blevet, så syntes vi, det ville være noget svineri bare at feje det hele ind under gulvtæppet. Sådan gjorde man bare ikke. Man stod ved sine fejl. Ellers skulle man nok blive mindet om det. Sådan husker jeg det i hvert fald.

Skrub-af-suppen

Nå men tilbage til det væsentlige: man sad altså der mætte og tilfredse, men stadig oplagt til sjov, ja faktisk endnu mere og mere efterhånden som tiden skred frem, vi sad altså der i den glade, solstrålende pinselørdagseftermiddag og drak kaffe og likører og slog mave efter endnu en fantastisk pinsefrokost, og de fleste har vel for en gangs skyld været i godt humør. Der var jo nogle af dem, der godt kunne være lidt gnavne indimellem, sådan ellers, altså til daglig, når der ikke lige var fest eller familiesammenkomst og de havde forsynet sig med mad og drikke og øl og snaps og likører. Sådan var det bare dengang. Men nu var der altså fest, og så var den slags med sure miner og dårligt humør naturligvis bandlyst. Så humøret var højt, men folk var ikke døddrukne. Ikke endnu. Folk kunne jo tåle at få noget indenbords dengang.

Nej, det kom først senere, i løbet af aftenen og ud på natten, det med nogen, der var rigtig seriøst fulde. Folk blev jo bare hængende, sådan som de altid blev, hvert eneste år. Det var simpelthen bare blevet en tradition, ligesom alt det andet. Ingen ville være den første til at bryde op og tage hjem. Folk opfattede det nok som lidt af et nederlag, næsten som et tegn på, at de ikke kunne tåle mosten. Ja, det ville faktisk ikke have været en rigtig pinsefrokost, hvis ikke de var blevet hængende ved tante Ingers og onkel Roberts velforsynede ølkælder og likørflasker som igler, vel at mærke af den udspekulerede slags, der ikke suger blod, men de der virkelig hardcore igler, der suger sprut. Nå, dem har du aldrig hørt om? Jamen, så kan jeg fortælle dig, at dem var der adskillige af i vores familie. Jeg tror nærmest, at det var nedarvet for nogle af dems vedkommende. Men det er nu en anden historie.

Men folk blev altså hængende. Hele aftenen igennem og ud på natten, selv om tante Robert og onkel Inger, sådan præcis ved midnat, det vil sige plus minus en halv times tid, serverede deres berømte skrub-af suppe. Den var virkelig god. Den smagte så fantastisk fremragende, at det i sig selv var en begrundelse for ikke at tage afsted, I hvert fald ikke FØR den var blevet serveret, og man havde sikret sig et par store og rigelige portioner af den. Folk var nemlig blevet så hooket på den der specielle suppe, så de blev siddende og spiste, og blev siddende og blev siddende, i håb om at redde sig endnu en portion, og endnu en portion og endnu en portion.

Jeg ved egentlig ikke, hvordan de fik plads til al den mad, de spiste dengang. Men det var som om deres maver var større og mere rummelige dengang, hvor det ikke var nogen skam at kunne tage fra, som det hed. Måske var det, fordi de fleste havde mere eller mindre hårdt fysisk arbejde, så de forbrændte mere af det, de spiste med det samme i stedet for at det satte sig på sidebenene, for der var sjovt nok ikke nær så mange, der var overvægtige dengang.

Selvom onkel og tante aldrig omtalte denne specielle suppe som andet end "skrub-af-suppe", så havde den faktisk den stik modsatte virkning, idet den fungerede som et helt stensikkert trækplaster, der nærmest rent fysisk forhindrede folk i at tage sig sammen til at tage af sted. Af en eller anden grund blev tante Inger ved med at stå og koge mere af den fantastiske suppe hele natten, så længe, der overhovedet var nogen, der orkede at få en ekstra tallerkenfuld varm suppe ned, og det var der altid adskillige, der blev ved med at kunne meget længe, det kan jeg godt fortælle dig. I øvrigt var det med at servere sådan en skrub-af-suppe sent om aftenen eller måske ud på morgenen efter sådan en fest vist meget brugt dengang. Ofte endda så langt efter midnat, at folk kunne nå at gå lige fra suppeserveringen i festlokalerne og på hjemvejen gå bagom hos den lokale bager og købe noget helt friskbagt varmt morgenbrød inden bageren officielt åbnede, og så gå hjem til en af dem, der boede i nærheden og få lidt varmt morgenbrød og en kop kaffe som punktum for festen, inden man tørnede ind og sov til langt op ad formiddagen.

Pinsemorgen

Så det var efterhånden blevet ud på de små timer – der lige en times tid før solen står op – før folk omsider var blevet færdige med at spise deres suppe. Der var naturligvis ikke nogen, der var taget afsted og havde forladt festen endnu. Det ville blive betragtet som udtryk for meget dårlige manerer, og ville med sikkerhed have resulteret i, at de ikke var blevet inviteret igen.

Det her var netop sådan en lidt gråternet pinsemorgen, som det tit er, i hvert fald i starten. Det var lidt overskyet, men alligevel langt fra helt 100 % overskyet, hvis du ved, hvad jeg mener. Men sådan var vejret ofte dengang. Og også mange andre ting. Gråternet i mange forskellige mønstre, så man aldrig rigtig kunne vide, hvad for et, det var gældende lige netop den dag. Sådan husker jeg det i hvert fald, jeg ved ikke, om du kender det.

Men folk sad altså der og småsnakkede, eller diskuterede højt og inderligt, sådan alt efter temperament, i den der blanding af brandert og suppemæthed, som vi alle sammen befandt os i på det tidspunkt. Det, som nogle af dem var kommet til at diskutere, var om det var umagen værd at begive sig op på den nærliggende høj i udkanten af en skov for at tage solopgangen i øjesyn. Bare så for lige at tjekke efter, om det virkelig var rigtigt, at pinsesolen dansede, sådan som nogle hævder. Der var naturligvis delte meninger, nogle sagde for og andre sagde imod, så det blev en ret livlig diskussion efter en periode, hvor et par stykker og havde siddet og nikket lidt og været ret tæt på at falde i søvn. Men nu kom der lidt mere liv i kludene igen. der blev endda råbt højt med forskellige argumenter. Men lidt efter lidt drejede det sig på plads, sådan at der pludselig var stemning for at tage af sted.

Sådan gik det ret tit, uden at man rigtig kunne forklare hvorfor.

Op på højen

Men nu havde folk altså bestemt sig for at tage af sted og gå op på højen, og under megen larm og munterhed belavede man sig på at tage ud på denne ekspedition. Nu skal du jo huske, at vi alle sammen var temmelig berusede, for nu at sige det mildt, og det var langt fra alle, der overhovedet var nogenlunde sikre på benene. Så det var egentlig lidt af et vovestykke. I deres tilstand, mener jeg. I vores tilstand, jeg var jo selv en af dem.

Men til sidst drog vi altså af sted, med tante Inger og onkel Robert i spidsen. For det var nemlig dem, der kendte vejen til den lille høj i udkanten af skoven. Det lokale udsigtspunkt, som imidlertid viste sig at ligge noget længere væk, end hvad de fleste havde regnet med. Så det blev noget af en spadseretur, vi kom ud på. I vores tilstand, mener jeg. Det tog jo også en hel del ekstra tid, både fordi de fleste var så usikre på benene, og fordi humøret var så højt, så vores tanker og vores muntre snakken og af og til også vores fødder bevægede sig i alle mulige andre retninger end den, der førte lige frem mod målet.

Nu gik der jo også det rygte i lokalmiljøet, og vist især blandt onkel Robert og tante Inger og nogle af deres bekendte, at der vistnok var et eller andet mystisk ved den der høj. Den sagdes at være en gammel kæmpehøj, altså en gravhøj fra stenalderen eller bronzealderen, der var bygget på toppen af en bakke, så den kom ekstra højt op i terrænet. Det var så, hvad det var. Men der verserede også nogle mere vage og ubestemmelige rygter, eller nærmest en slags overtro, der blev stærkt opildnet af tante Inger og onkel Robert, om nogle uforklarlige eller i hvert fad ret mærkelige og usædvanlige hændelser, der skulle være sket oppe på den der høj. Altså her i nutiden, for nogle få år siden. I hvert fald nogle af dem blev tilskrevet både nisser og trolde. Nu var det jo ganske vist også en af deres hobbies. Onkel og tante samlede jo nærmest på den sags historier. Så måske var det derfor.

Den utrolige Knud-Børge

Måske var det også derfor, de havde valgt netop den høj som stedet til at se pinsesolen danse. Men der skete altså det, som ingen rigtig har kunnet forklare, hverken dengang eller siden hen, at et af de mest forhærdede og fordrukne medlemmer af familien, som selvfølgelig var med, nemlig fætter Knud Børge, gjorde en helt fantastisk opdagelse. Noget, som senere skulle få kolossal betydning både for ham selv og hans egen lille familie, altså hans kone og deres tre børn. Og også for hele vores familie, altså for hele vores slægt, faktisk. Selv om det nok lyder utroligt.

Hvis ikke jeg var så jordbunden, som jeg er, så ville jeg ikke tøve med nærmest at kalde det et mirakel, eller måske endda mere end det. Ja, det er svært at forklare, men han havde altså denne her helt fantastiske oplevelse, som ingen har kunnet forklare.

Men han gjorde altså det, at han, tro det eller lad være, begyndte at ….. ja, hvordan skal jeg sige det? Jeg ved godt det lyder helt fantastisk og utroligt, men han gjorde altså det helt igennem utrolige og usandsynlige, at han, stik imod al fornuft .... Nej, det er umuligt at forklare det, så det lyder troværdigt. Men det der skete, var altså rent faktisk det, at han .... nej, helt ærligt, det må I høre om en anden gang. Det er jo egentlig også en helt anden og meget mere dunkel historie end den om pinsefrokosten, som jo var det, jeg skulle fortælle om.

Det ville næsten også være synd at lade det morsomme og hyggelige indtryk af glad feststemning, som du uden tvivl har fået af pinselørdagsfrokosten – dette eksempel på en rigtig god gammeldags traditionel familiehygge, i en grad og en skala, der vel næppe findes længere i vor hektiske og fortravlede tidsalder .... altså, jeg mener, hvis denne gode og hyggelige oplevelse skulle ødelægges af en helt anden og langt mere alvorlig type fortælling, som måske bare ville trække tæppet væk under dig og vores alle sammens hyggelige nostalgi og kaste dig ud i vilde og desperate spekulationer om tilværelsen og dens mening for eksempel, og sandsynligvis ville berøve dig en god del af din nattesøvn. Nej helt ærligt, det vil jeg gerne forskåne dig for. Lad fortid være fortid, lad nostalgi være nostalgi og lad hygge være hygge, uden at gå det alt for meget efter i sømmene. Det ville nok nærmest være uansvarligt andet. Eller ødelægge den gode stemning i hvert fald. Det har jeg altid betragtet som enhver sand nostalgikers første og vigtigste bud.

Sankthans med citronlikør

Tante Anna og Onkel Kurt var nogle af dem, vi af og til besøgte. Således også til Sankt Hans. Ikke nødvendigvis hvert år – det var det faktisk langt fra, for der var jo mange andre og for det meste mere spændende steder, man kunne holde Sankthans fest. Men det år, jeg taler om her, da var vi rent faktisk af uransagelige årsager taget hen til Tante Anna og Onkel Kurt til Sankthans aften. Jeg husker i hvert fald ikke længere, hvad det skyldtes. Muligvis kunne det have noget at gøre med, at Onkel Kurt skyldte os nogle penge. Han var meget tit i pengenød, så det kan såmænd godt tænkes. Men derfor er det jo ikke sikkert, at han kunne afdrage noget på gælden.

Men vi var i hvert fald taget hen for at besøge dem. De boede i et temmelig forfaldent hus, som Onkel vist selv havde muret op af de der grå gasbetonblokke, som mange brugte dengang, især til små selvbyggerhuse. Huset var ikke særlig stort, men det var haven til gengæld. Der var lidt buske ude foran huset, men baghaven var langt den største. Det var nu ikke fordi der var gjort noget særligt ud af den. Der var et staudebed i hver side og en stor græsplæne i midten, som de altid skændtes om, hvem der skulle slå. I den fjerneste ende af haven, op til hækken imod haven overfor, stod der en 14-15 ret små grantræer og et par bjergfyr, sådan nærmest på to rækker, så man for så vidt kunne gå en lille bitte tur mellem træerne. Derfor kaldte de det for "skoven". Det var jo en stærk overdrivelse, men også nærmest sagt i sjov.

Men det var nu mest over for os, der kom på besøg, at de godt kunne være lidt muntre og komme med små morsomme bemærkninger. Især Onkel Kurt. Indbyrdes talte de derimod temmelig hårdt til hinanden. Eller sådan lød det i hvert fald for os andre, men måske var det bare sådan en indforstået tone, der var mellem dem. For eksempel på den måde som det skete netop den Sankt Hans aften, lige efter at vi var ankommet til deres beskedne gæstebud.

Nå, så du vil gerne gøre noget nyttigt, sagde tante Anna og så på onkel Kurt, med et blik, der var næsten kærligt – men også kun næsten – inden hun fortsatte: jamen, så kan du jo bare gå ud og tage opvasken. Den har såmænd allerede stået og ventet på dig i en times tid.

Det var jo ikke lige det, onkel Kurt mente. Han tænkte vist mest på noget lidt større, eller lidt mere spændende. Eller i hvert fald noget, der var penge i. Det var meget vigtigt. Ellers kunne det da være lige meget, tænkte han. For de sad temmelig småt i det. Han havde store planer for, hvordan de skulle blive rige. Desværre var planerne også temmelig luftige og svære at realisere. Men han arbejdede skam ihærdigt på det. Desværre var resultatet af alle hans anstrengelser temmelig små, og nogle gange direkte negative. Det vil sige, at de gav underskud. Andre gange gav de kun et meget lille overskud, eller det kunne lige løbe rundt.

Han havde næsten altid gang i et eller andet projekt, der skulle indbringe dem en masse penge. Tit flere projekter samtidig. De fleste ville nok have kaldt dem for det, de var, nemlig rene og skære fiduser. Den slags veg han ikke tilbage for. Han havde ikke så mange fine fornemmelser, når det gjaldt hans fiduser og forretningsideer. Desværre lykkedes de bare kun sjældent. Hidtil var der i hvert fald ikke noget af det, der for alvor havde båret frugt. De andre medlemmer af familien undlod ikke at stikke lidt til Kurt, når de mødte ham. Der var også mange, der havde haft dårlige erfaringer med at låne ham penge.

Nå, hvordan går det så med dit nye projekt, kunne de spørge - både dem, der havde lånt ham penge, og dem, der ikke havde – men alle sammen med den mest uskyldige mine, naturligvis. De mere forhærdede af dem. Især dem. Men i virkeligheden ville de jo bare høre fra hans mund, at det ikke gik nær så godt, som han havde regnet med, hvilket de som regel godt vidste i forvejen. Så der var nok en hel del skadefryd med i det fra deres side. Det havde de jo ikke behøvet. Det var lidt ondsindet. De havde jo ikke behøvet at træde i det på den måde. Personligt har jeg aldrig været bleg for at give ham en hjælpende hånd, bare det ikke var for besværligt. Eller hvis det drejede sig om penge.

Men tante Anna havde altid sine egne planer for, hvad onkel Kurt skulle beskæftige sig med. Og de gik i en lidt anden retning. Der var altid et eller andet i huset, der lige skulle ordnes. Måske var det derfor, de blev ved med at være temmelig fattige. For han havde aldrig tid nok til at arbejde ordentligt med sine projekter, altså dem han kunne tjene penge på. Det var i hvert fald, hvad han selv hævdede. Men Anna havde naturligvis et modargument. Det havde hun altid. Kurt var jo bogholder. Af uddannelse. Han havde som ung gået på handelsskole og også taget en eller anden mere videregående uddannelse inden for det. Så hun påstod, at hvis bare han havde gjort noget mere målrettet for at fremme sin karriere, så kunne han for længst være blevet regnskabschef eller måske økonomidirektør, i stedet for blot at være en almindelig bogholder i en underordnet og dårlig betalt stilling. I et temmelig lille firma, der heller ikke havde særlig succes med noget som helst. Ejeren var en sur gammel knark, der vist nærmest blev ved med at drive firmaet videre af ren og skær stædighed eller gammel vane. Det kunne kun lige akkurat løbe rundt. Det var vist en eller anden lille metalvarefabrik.

Men en ting var, hvad Anna kørte frem med af påstande. For selvfølgelig havde Kurt også et modargument mod det, hun sagde. Det havde han altid. Han sagde nemlig, at sådan foregik det slet ikke, der i firmaet, hvor han var ansat, eller i andre firmaer. Det var ikke bogholderne, der blev forfremmet til hverken regnskabschef eller underdirektør eller den slags. Det var som regel direktørens eller bestyrelsesformandens familie eller gode venner, der fik disse lukrative stillinger.

Sådan kunne de blive ved med at argumentere frem og tilbage, lige indtil Anna gjorde ham opmærksom på en eller anden huslig pligt eller arbejdsopgave, som han havde forsømt. Som regel fordi han var optaget af at arbejde med et af sine forretningsprojekter, der skulle gøre dem rige, men som bare ikke gjorde det alligevel. I hvert fald ikke sådan for alvor. Kun ved enkelte kortvarige lejligheder kom der pludselig et overskud. Men det holdt alligevel ikke ret længe.

Dette med de huslige pligter lukkede af en eller anden grund altid munden på Kurt. Måske fordi det var hans ømme punkt, det med at han havde så ringe succes med alle sine højtflyvende forretningsideer. Alle de smarte fiduser, han havde siddet og udtænkt, indbragte ham kun småpenge, og ikke de store summer, som han begejstret annoncerede for hele familien, når han havde fået endnu en ny idé til alle tiders helt epokegørende forretningsfidus. Som regel var det noget med et vareparti, som kunne købes usandsynligt billigt og sælges videre usandsynligt dyrt. Hvis blot man altså lige fandt de rigtige kunder til det, og den helt rigtige måde at markedsføre det på.

Desværre var det betydeligt lettere at købe disse varepartier end det var at få dem solgt. Så i lange perioder skulle der også udredes penge til lagerplads for disse store og små partier af mange forskellige slags varer, der alt for ofte var ukurante, men som undertiden, i ganske enkelte tilfælde, pludselig solgte helt utroligt godt, til alles store overraskelse. Uden at det lykkedes ham at forstå hvorfor. Dette øgede naturligvis kun hans tiltro til hans evner som forretningsmand.

Næsten på samme måde, som en spiller, eller ludoman, der først virkelig kommer på krogen, når han får en stor eller bare en mellemstor gevinst. Så han derfor tror, at nu kan han styre spillet og vinde hver gang. Det var faktisk nogenlunde sådan, Kurt havde det. Ved de sjældne lejligheder, hvor han pludselig fik succes med en vare, skyndte han at investere overskuddet i nye produkter eller varepartier, der som regel hurtigt viste sig at være næsten usælgelige. Så måske var det meget fornuftigt af Anna at holde ham til de huslige pligter, selv om han altid bandede og svovlede over dem.

Det år var det for en gangs skyld godt vejr til Sankt Hans. Det var ikke regnvejr, sådan som det så tit var. Det var tilmed rigtig varmt i vejret.

Det var faktisk nærmest hedebølge. Så vi skulle selvfølgelig sidde ude i haven og spise. Der var også kommet nogle andre gæster end os. Der var vel en cirka femten stykker i alt, altså Anna og Kurt medregnet. Et par haveborde var blevet stillet sammen til en slags langbord på terrassen bag ved huset og forskellige stole var blevet stillet frem. Nogle af dem havde de vist lånt af en af naboerne.

Jeg kan ikke huske, hvad vi fik at spise. Det har nok været sådan noget skinke med noget salat til. Det var Onkel Kurt, der stod for salaten, og det sagdes, at han var lidt af en mester til salatdressinger. Det var vist til gengæld også hans eneste bidrag til madlavningen. Men han havde nogle særlige fif til at lave salatdressinger, der undertiden blev regnet for at være lidt ud over det sædvanlige. En af hans klassikere var det, han selv kaldte mormorsalat. Det var noget med citronsaft og noget mælk eller fløde. Men han nøjedes ikke med bare at presse saften af et par citroner.

Der skulle nogle stærkere sager i. Det var en italiensk citronlikør, der hed Strega, eller noget i den retning, der var hans hemmelige våben, når det gjaldt salatdressinger. Og han sparede bestemt ikke på det. Strega-likøren var i en høj, slank flaske, der nærmest var kegleformet og så ret anderledes ud end de fleste andre likørflasker, der var på mode dengang. Men han hældte altså en ordentlig sjat i. Det var faktisk meget mere end bare en sjat, det så nærmest ud til at være halvdelen af det, der var i flasken, der ganske vist kun var cirka halvt fuld. Jeg så ham jo selv gøre det.

Så det var altså det, der gjorde den specielle dressing så fantastisk. Maden var der ikke så meget at sige om. Hvidvinen heller ikke. Men der var også en anden speciel ting ved deres Sankt Hans bord. Der stod nemlig en lille metalbeholder ved hver kuvert. Den var på størrelse med en almindelig urtepotte, men måske lidt højere. Det undrede vi os til at begynde med lidt over. Nogle troede endda, at den måske var beregnet til drikkevarer, men dem var der nu de almindelige glas til. Det viste sig da også, at de var beregnet til et noget mere specielt formål. Det var et nyt produkt, som de var begyndt at fremstille på den metalvarefabrik, hvor Onkel Kurt var ansat som bogholder.

Det var en form for tingest, vi ikke havde hørt om før. Og det var noget, der vakte temmelig stor forundring hos de fleste af os, især hos min far, der direkte gav udtryk for en temmelig stor forargelse, som han – af hensyn til min mor – ikke ligefrem underdrev, hvilket var en vane, han efterhånden ofte havde tillagt sig.

Desværre kan jeg ikke huske, hvad det var for en tingest, den der lille metalbeholder, som blev præsenteret som noget helt nyt og meget fancy, da Onkel Kurt på opfordring fra flere af gæsterne, da vi om sider var nået til desserten, kom med en længere og tydeligvis meget begejstret beretning om, hvad den var beregnet til. Det ærgrer mig, at jeg ikke kan komme i tanker om det, men det skyldes utvivlsomt, at jeg – sulten som jeg var – havde spist løs, ikke blot af de ret få skiver skinke på fadet, men også – og især – af den store skål med mormorsalat, hvilket jeg ikke var vant til, og da slet ikke til den stærkt citronlikørforstærkede salatdressing, som Onkel Kurt så gavmildt havde forsynet den med. Derfor husker jeg faktisk heller ikke ret meget fra resten af aftenen, udover at vistnok var flere af de voksne, der ligeledes var faldet i søvn hen over bordet – men det har muligvis først været efter at Sankt Hans bålet blev tændt længere nede i haven, men sikkert inden det på grund af et voldsomt pludseligt vindstød fængede meget mere op end nogen havde regnet med, hvilket jeg dog også først fik fortalt bagefter.

Faster Oda og den tynde boghandler og hans ret specielle boghandlervarer

En af de lidt mere specielle i min familie er Faster Oda. Ja, de var måske alle sammen ret specielle, eller måske endda lidt mærkelige, som de lidt mere negativt indstillede sikkert ville sige. Men Faster Oda var i hvert fald en af dem, der blev talt om derhjemme. Sådan hen over middagsbordet. Altså kun mellem de voksne selvfølgelig, men vi børn sad ofte og hørte på, mens de voksne drøftede et eller andet, eller udvekslede sladderhistorier eller diskuterede politik, eller hvad det nu var. Dengang var der jo heller ikke så meget anden underholdning.

Men Faster Oda var altid blevet betragtet som lidt af en særling i familien, selv om hun nok ikke var spor mere sær end så mange andre. Hun arbejdede i mange år i en lille boghandel, der lå på Jagtvejen, tror jeg, det var. Ham, der ejede boghandelen, var en meget pertentlig mand, men han ekspederede kun de kunder, der kom for at købe bøger, og helst bøger, der var lidt specielle. Han kunne dårligt skjule sin foragt for krimier og genrelitteratur i det hele taget. Aller værst var det naturligvis med de store internationale bestsellere. Han tog sig helst kun af dem, som han kaldte de ægte bogkøbere. Dem, der kun interesserede sig for mere smal litteratur af den ene eller anden slags.

Faster Oda tog sig derimod af papirvarerne og kontorartiklerne, der med tiden var kommet til at udgøre langt størstedelen af butikkens salg, målt i kroner og øre, men stadig blev betragtet som et nødvendigt onde af den høje, tynde boghandler. Han var næsten to meter høj og åleslank. Sorthåret, med et markeret ansigt og usædvanlig rank holdning. Han var som Faster Oda midaldrende, nærmede sig formentlig de halvtreds på dette tidspunkt. Han tog sig helst kun af de kunder, der kom for at spørge efter en eller anden sjælden bog, for det var blevet hans og forretningens sande speciale.

Han havde en særlig sans for at opstøve gamle, sjældne eller på anden måde specielle bøger. Jo vanskeligere opgaven var, desto mere gik han op i det. Kunderne til de sjældne og ofte højlærde værker på fremmede sprog var som oftest ældre mænd af professortypen, måske ikke af erhverv, men så i hvert fald af personlighedstype. Desuden en hel del evighedsstudenter, som der stadig var mange af dengang. De dyrkede ofte en interesse for meget små og næsten uddøde akademiske fag og specialer, og hutlede sig igennem ved forskellige småjobs, mens de fortsatte deres uendelige studier af nogle fagområder, som næsten ingen andre interesserede sig for. De arbejdede tit som postarbejdere, eller underviste måske på et par aftenskolehold eller gik med morgenaviser i årtier. Det kunne man godt dengang. Der var også nogle, der havde nogle kortere eller længere perioder som arbejdsløse på understøttelse, uden at blive sendt ud i en masse aktivering. Desuden var der en del andre mennesker, stadig mest mænd, men også enkelte kvinder med usædvanlige eller finurlige hobbies. Der var folk, der byggede komplicerede modeller af sejlskibe i gamle vinflasker, eller byggede små skabe og kommoder dekoreret med hundrede vis af små muslingeskaller, eller som dyrkede gamle former for strikning og hækling, som havde været almindelige for flere hundrede år siden.

Alle disse ret forskellige mennesker kom hen i den lille boghandel for at høre, om han kunne fremskaffe ældre udgivelser, der havde været udsolgt alle andre steder i årevis, eller udenlandske bøger, der kun var udkommet i små oplag på obskure forlag i lande langt væk, og som efter et langvarigt detektivarbejde måtte bestilles hjem fra udlandet i specialimport.

Derimod var det stærkt begrænset, hvad boghandleren solgte af mere almindelige bøger. Salget i forretningen havde lige så stille delt sig i to yderligheder. På den ene side de sjældne, lærde værker og svært fremskaffelige bøger af mange slags, og på den anden side de mest banale og prosaiske papirvarer og kontorartikler til discountpriser. Her havde boghandleren fået for vane at opkøbe mere eller mindre ukurante eller hengemte restpartier fra mindre grossister og sågar konkursboer. De blev så solgt som tilbudsvarer til byens billigste priser og tiltrak mange kunder fra andre dele af byen.

Vinduesudstillingen i det lille butiksvindue bestod som regel udelukkende af disse stærkt nedsatte kontorartikler, og man kunne godt få det indtryk, at det var en simpel papirhandel i den absolut laveste prisklasse.

Kort sagt, boghandleren reklamerede ikke meget med, at han også solgte bøger, og hans lagerbeholdning på det område var da også ret beskeden. Selv om han undertiden kunne overraske ved at have bøger på lager, som for længst var udsolgt fra forlagene, og som folk havde rendt hele byen rundt for at lede efter. Også selv om det var ganske almindelige romaner af en halvvejs kendt dansk forfatter i mellemklassen. Så kunne han undertiden med en kun ganske lidt overlegen, men meget afslappet mine gå lige hen og tage ned fra en hylde og overrække til den måbende, men lykkelige bogkunde – næsten som om det var et nummer, han udførte som tryllekunstner.

Som sagt var det Faster Oda, der tog sig af papirvarerne og kontorartiklerne. Der var kun de to i forretningen, og Oda tog sig også af regnskaberne, eller i hvert fald den daglige bogføring, naturligvis under boghandlerens overopsyn. Kontorartiklerne spændte vidt. Den lille butik havde formentlig byens største udvalg af den slags. Heriblandt en del varieteter, som man ikke fandt ret mange andre steder. Det er jo temmelig mange år siden, det her foregik, helt tilbage til dengang, da jeg var barn. Det vil sige i 1950erne og 60erne.

Dengang var der ingen computere eller mobiltelefoner og heller ikke noget internet. Det var ikke opfundet endnu. Kontorarbejde var baseret på papir og knofedt, og nogle få, ret enkle, mekanisk drevne maskiner. Det var for eksempel kun de færreste steder, man havde en kopimaskine. Når noget skulle mangfoldiggøres i små oplag, f.eks. interne skrivelser i et firma, mødereferater eller små foreningsblade, så brugte man noget, der hed en duplikator. Det var et stort skrummel, hvor man først skulle skrive en stencil på en skrivemaskine, der så slog nogle små huller i den der stencil. Den skulle derpå omhyggeligt sættes fast på en slags tromle på duplikatormaskinen, og når man så drejede rundt på et håndsving, blev der trukket et stykke papir ind foran tromlen, hvor der så presset noget tryksværte gennem de huller, skrivemaskinen havde lavet i den der stencil.

De fleste modeller af duplikatorer var dog elektriske, så man behøvede ikke dreje rundt på et håndsving hele tiden. Når man så satte den lidt op i hastighed, så sprøjtede den papirark ud i den anden ende. Problemet var bare, at papiret meget nemt satte sig fast, især hvis der var kommet lidt for meget farve på, og hvis man så kørte med lidt høj hastighed, kunne der nå at sætte sig rigtig papir fast inde i maskinen, som det kunne tage lang tid at få pillet ud af den igen. Plus at man blev møgskidt på fingrene af den der tryksværte. Desuden var sådan en duplikator et ret stort og dyrt apparat dengang. Så der var mange små foreninger, der ikke lige havde råd til at investere i sådan.

Men her havde boghandleren fundet frem til et lille, enkelt apparat, som han kaldte for en mini-duplikator. Den var mindre, meget billigere, meget enklere og papiret kunne ikke sætte sig fast. Til gengæld gik duplikeringen en del langsommere. For man skulle selv lægge hvert enkelt stykke papir i. Den bestod simpelthen af to metalrammer i lidt mere end A4-størrelse, der var hængslet i den ene ende. Man skrev en stencil på skrivemaskine ligesom ellers. Så spændte man den fast på den øverste metalramme. Hver gang, man skulle lave et aftryk, skulle man åbne den øverste ramme, den med stencilen, lægge et ark papir på bundpladen, lukke den øverste ramme ned og med en lille håndvalse af den type, der også bruges til linoleumstryk, valsede man sværte hen over stencilen. Man kunne for den sags skyld lave regnbuetryk, hvis man f.eks. havde tre eller fire af de små håndvalser med hver sin farve, som man så brugte på hver sin del af stencilen. Man kunne også tegne på stencilen med en særlig metalpen med en lille rund knop for enden. Men det krævede lidt øvelse, hvis det skulle blive pænt. Men de fleste brugte den jo bare til almindelig sort farve og maskinskrevne tekster. Når trykket så var lavet, løftede man den øverste ramme, tog det trykte papir ud, lagde et nyt stykke blankt på bundpladen, lukkede rammen med stencilen ned over og lavede et nyt aftryk med valsen.

Det tog naturligvis længere tid end på en af de store duplikatormaskiner, især hvis der var tale om større oplag på flere hundrede eksemplarer. Men til små foreninger, der bare skulle kunne mangfoldiggøre mødeindkaldelser og referater og andre interne meddelelser, var det en udmærket løsning. Og så havde den store fordel, at der ikke var nogen steder, papiret kunne sætte sig fast, eller noget mekanik, der kunne gå i stykker. Desuden kostede den jo kun en brøkdel af en af de store duplikatormaskiner, fordi den var så enkel og billig at fremstille. Dem solgte han rigtig mange af. Jeg har til gengæld aldrig set dem i nogen andre butikker. Dengang kunne man ikke bare gå hen på biblioteket og tage en fotokopi. Der var slet ingen kopimaskiner på bibliotekerne dengang. Det kom først i løbet af

1970erne, og det var en anden type fotokopier, end dem vi kender i dag.

En af de andre specielle ting, de havde i butikken, var skrivemaskiner med en slags kuglehoved. Som jeg husker det, var det nu snarere cylinderformet end kugleformet. Og de var hånddrevne, ikke elektriske, sådan som dem fra IBM, der i en længere årrække før computerne vel nærmest var skrivemaskinernes konge, og som var en drøm at skrive på, fordi de havde det helt perfekte anslag. Hverken for hårdt, så man skulle sidde og hamre i tasterne som på de gammeldags hånddrevne skrivemaskiner. Men heller ikke for blødt, så tasten smækkede ned med et bogstav, der slet ikke skulle være der, hvis man bare ved en fejltagelse kom til at strejfe den med en lillefingernegl, sådan som det ofte sker med tastaturer til computere.

Men de her skrivemaskiner, som han havde i sin butik, var altså hånddrevne og var tydeligvis flere årtier ældre end IBMs, måske snarere et halvt århundrede eller mere. De så virkelig gammeldags ud i designet. Men det var vist et noget tilsvarende princip. At valsen med papiret sidder fast – bortset fra at den selvfølgelig kan dreje rundt – men den er fast monteret i enderne. Og så er det kuglehovedet eller cylinderen, der kører frem eller tilbage, når man trykker på en af tasterne, og så drejer den lille cylinder rundt og smækker det pågældende bogstav ned på papiret ved hjælp af et farvebånd. Det må være nogen, der har stået på lager hos en grossist i mange år, inden han så købte dem for en slik. Han havde kassevis af dem stående på lageret nede i kælderen og solgte dem ret billigt. De har sikkert også været ret solide, når de var så enkelt konstrueret og uden ret mange bevægelige dele. Men jeg ved ikke, om man kunne udskifte den lille cylinder med bogstaverne, sådan som man kunne med kuglehovedet på IBMs. Men de der oldgamle skrivemaskiner, der åbenbart nærmest var en slags forløbere for IBMs med kuglehoved, dem solgte han også mange af. Jeg kan ikke huske, hvad de hed, men det var vist et tysk navn. Jo, for resten, jeg tror de hed Blickensberger, eller noget i den retning.

Men det meste af det var selvfølgelig helt almindelige kontorartikler og papirvarer. Men for det første havde han et utrolig bredt sortiment af den slags i den lille butik. Og så var han som sagt ekspert i at finde frem til gamle eller glemte lagre af den slags, enten hos butikker, der var ophørt, hos små grossister eller rent ud sagt på tvangsauktioner over konkursboer. Han brugte en del tid på den slags, og her kom hans talenter som handelsmand virkelig til sin ret.

Så stort set lavede han alt det spændende og tog sig af alle detektivopgaverne med at opspore sjældne og mærkværdige bøger, mens Oda lavede alt det kedelige rutinearbejde. Men Oda var nu langt fra nogen kedelig eller ordinær person, som nogen måske ville tro. Hun var en middelsvær dame et sted i nærheden af de halvtreds, ikke særlig høj, men tætbygget og undersætsig og røg omkring tre pakker cigaretter om dagen, hvorimod boghandleren som allerede antydet var lang og tynd, nærmest radmager og næsten aldrig røg pibe, dengang det stadig var tilladt. Og slet ikke cigaretter.

På det tidspunkt, jeg taler om her, og der er nok engang sidst i 1960erne, havde Oda været ansat i den lille boghandel i næsten en menneskealder, faktisk fra dengang, da hun var ganske ung. Det var efterhånden blevet sådan, at hun også sørgede for boghandlerens frokost og aftensmad, som hun tilberedte i det lille baglokale med tilhørende endnu mindre og ret primitive køkken, der ikke bestod af meget mere end en håndvask og et par kogeplader og et mikroskopisk køkkenbord. Her kunne hun fremtrylle både solide, velsmagende og nærende retter næsten ud af ingenting. Det kunne hun formentlig takke sin herkomst for. Hun var nemlig født på landet og opvokset på en gård med tilhørende gammeldags landhusholdning, så hun havde lært den slags fra grunden.

De nød altid hendes madkunst i fællesskab – og især ved aftensmaden, efter at butikken havde lukket, gav de sig god tid til at sludre om løst og fast og stort og småt og alt mellem himmel og jord. Derimod var det meget sjældent, at andre blev inviteret til at spise med.

Der var dem, der syntes, at hun spildte sin tid hos boghandleren, for hun havde aldrig giftet sig, hverken med boghandleren eller med nogen anden. Ingen viste rigtigt hvorfor. Nogle gættede på, at hun nok var hemmeligt forelsket i boghandleren og derfor konsekvent havde afvist alle de tilbedere, der simpelthen måtte have været, da hun var yngre, alene på grund af hendes evner til at trylle i et køkken, som hun aldrig havde lagt skjul på hverken i familiens kreds eller i det hele taget.

Andre sagde i et lettere ironisk tonefald, at det jo slet ikke var nødvendigt for hende og boghandleren at gifte sig, for i praksis levede de jo alligevel sammen som et gammelt ægtepar i dagligdagen. Lige bortset fra det erotiske, naturligvis, for det var ganske bestemt den almindelige mening i familien og blandt alle, vi kendte, at de intet havde sammen på det område. De boede jo også hver for sig, og endda temmelig langt fra hinanden, nærmest i hver sin ende af byen. Så meget vidste man dog.

På den anden side kunne man jo aldrig helt vide med den slags ting. Der var da heller ikke enighed på det punkt, og det har jeg heller ikke påstået. Jeg siger blot, at alle de toneangivende og dem, der fastlagde familiens officielle mening og holdninger og opfattelse af den slags, på det bestemteste hævdede, at der ikke var og aldrig havde været noget erotisk imellem dem, altså mellem Faster Oda og boghandleren. Det var i høj grad tante Ida og Faster Charlotte, der var helt sikre på dette punkt, aktivt suppleret af Onkel Karl, der var skoleinspektør på byens næststørste kommuneskole. Faster Charlotte var jo endda halvsøster til Faster Oda, og måtte derfor vide det, der var værd at vide om den sag, mente man. Og så blev der ikke talt mere om det.

Undertiden gik der nogle underlige rygter om, at boghandleren var blevet set ude i byen. Altså ikke på indkøb i supermarkedet, men om aftenen, i nattelivet måtte man vel nærmest sige. Ofte på en temmelig halvdyr restaurant og ikke alene. Det var jo den virkeuge sensation. Og heller ikke sammen med Oda, eller nogen andre, som man kendte. Nej, han var flere gange blevet set sammen med en for så vidt ret attraktiv, men ikke helt ung blondine, der vistnok i den grad farvede, eller rettere sagt affarvede sit hår, og som man af uransagelige grunde mente havde kendt bedre dage. Og vel at mærke den samme blondine hver gang, som om der ligefrem var tale om et bekendtskab af en eller anden slags – og ikke bare alle mulige tilfældige blondiner.

Nogle var rygterne ville endda vide, at hende blondinen engang som yngre havde været natklubsangerinde – eller måske endda det, der var værre. Men boghandleren havde åbenbart – som det gode menneske han var – hevet hende op af denne sump og installeret hende i en lille lejlighed et sted på det ydre Østerbro. Mente man. Altså dem, der formulerede det lidt positivt. Disse ret løse rygter var kulørte nok til at vække stor interesse, selv om intet af det jo kunne bevises. Men den slags havde man dog ikke troet om den pæne boghandler. Tilhængerne af disse rygter diskuterede ivrigt, om det var hende, der udnyttede den flinke og godtroende boghandler, eller om det tværtimod var ham, der enten var så meget skurk, eller så meget mandfolk (her var meningerne delte) så det var ham, der drog fordel af hendes formodede sociale deroute til at få sig en holdt kvinde for forholdsvis få penge.

Alt dette var jo naturligvis kun rygter, og endda af den mere løse slags, og ingen vidste ret meget konkret om blondinen. Ikke engang, hvad hun hed, og heller ikke, hvor den famøse lejlighed mere præcist lå. Men det skyldtes måske bare, at boghandleren alligevel var lidt mere snedig og lidt dygtigere til at camouflere sin umoral, end man umiddelbart ville have troet om ham. Det var efterhånden blevet en stående bemærkning, der blev liret af med frydefuld stemme af familiens gamle tanter, hver gang talen faldt på dette saftige, men desværre alligevel skuffende kødløse emne, som det var så pokkers svært at få hold på med mere præcis oplysninger.

Som sagt boede boghandleren og Oda hver for sig. Og temmelig langt fra hinanden. Så det var ikke sandsynligt, at de rendte ind i hinanden, når de gik ud for at købe ind. Så der var ikke rigtig grundlag for nogle rygter om, at de to skulle have noget kørende sammen uden for arbejdstiden og boghandelen.

Derimod gik der nogle rygter om Oda, der faktisk blev opfattet som endnu vildere end dem om boghandlerens blondine. Disse rygter, der var fuldstændig ubekræftede, men som jo måtte komme et sted fra, som man sagde, påstod, at Oda engang for snart mange år siden havde fået et barn uden for ægteskab. Det lå meget langt tilbage, til hendes pure ungdom, inden hun var blevet ansat hos boghandleren, så man mente trods alt ikke, at det kunne være ham, der var far til dette barn, der nu måtte have nået voksenalderen, endda godt og vel.

Det skulle efter sigende dreje sig om en dreng, som hun havde bortadopteret straks efter fødslen. Det gjorde man undertiden med børn af unge, enlige kvinder, der var kommet i ulykke, som man kaldte det. Det var jo før abort blev tilladt.

Men man diskuterede jo alligevel, hvad det var, der havde gjort, at hun syntes det var så skamfuldt at få et uægte barn, som man dengang var fordomsfulde nok til at kalde det, at hun havde valgt dette drastiske skridt. For det var det jo. Selv om det dengang stadig blev udsat for en hel del moralsk fordømmelse fra mange menneskers side, så fandtes der dog også dengang en del enlige, ugifte mødre, især i de lavere klasser, som man uden videre kaldte det, og som hun jo helt åbenlyst tilhørte.

Med andre ord – man spekulerede på, om der muligvis kunne gemme sig en endnu mere saftig historie bagved de rygter om det, som man allerede kendte til. Hvordan havde hun egentlig været i sin ungdom? Havde hun været ude i noget snavs? Havde hun været løs på tråden? Hun havde måske haft forhold til flere mænd samtidig? Eller i hvert fald mange skiftende, løse forhold? Og hvem var barnets far? Var det måske en rigmand eller en kendt person, der havde insisteret på denne løsning, og måske ovenikøbet havde betalt hende penge for det? Fordi den pågældende mand var gift og ikke ville have sit sidespring med en tilfældig letlevende dame afsløret ved at vedkende sig faderskabet? Og som havde penge nok til at betale sig fra det?

Eller stod det endnu værre til? Med hendes moral som ung, altså. Barnefaderens eventuelle moral blev der ikke talt om. Men kunne det tænkes, at hun som ung ligefrem havde haft berøring med "kvindens ældste erhverv" i kortere – eller måske endda længere tid? Alt var jo strengt taget tænkeligt, når bare man brugte fantasien lidt. Men var det i virkeligheden sådan, det var fat? Var det derfor, at barnet skulle bortadopteres og på den måde gemmes af vejen? En del af sladdertanterne mente, at det jo nok var den mest logiske forklaring på, hvad der var sket. At hun åbenbart havde været i en så fortvivlet situation, at hun havde fundet det nødvendigt at bortadoptere sit eget nyfødte barn straks efter fødslen. Man vidste jo, at det gjorde en mor kun i den yderste nød. Andre og lidt mere besindige vægrede sig dog ved at tro noget sådant om den pæne og hjælpsomme Oda hos boghandleren. Og nogle af dem gjorde opmærksom på, at selve historien om hendes uægte barn jo egentlig også bare var et rygte, som man ikke vidste noget konkret om. Men på den anden side kunne man jo aldrig vide, og da slet ikke på et område som dette.

Der var også dem, der var helt sikre på, at det nok alligevel var boghandleren, der var faderen. Men hvorfor i alverden havde de så ikke giftet sig? Var boghandleren måske bundet af et andet, tidligere ægteskab, som man ganske vist aldrig havde hørt noget om, men som han måske ikke uden videre kunne blive løst fra? Det kunne jo være forklaringen, mente nogle. For så var han jo rent lovligt forhindret i at gifte sig med Oda. Men hvorfor så ligefrem bortadoptere barnet? Var det ikke lige lovlig drastisk i den situation?

Men der var også andre, konkurrerende teorier om, hvordan det hang sammen, og hvem der var fader til hendes hemmelige, bortadopterede barn, som efter sigende skulle være en dreng. Hvis dette barn, der nu efterhånden måtte være en ung mand, overhovedet fandtes, men det gik man uden videre ud fra. En af de andre teorier om det handlede om en ung soldat, en værnepligtig rekrut eller måske korporal, som nogen af de ældre svagt kunne huske, at de vist nok havde set Oda sammen med for rigtig mange år siden, dengang i både Odas og deres egen pure ungdom. Flere gange endda. På

Dyrehavsbakken og på en bestemt danse-restaurant med et lidt tvivlsomt ry, hvad det så end skulle betyde. Helt tilbage i tiden før hun blev ansat hos boghandleren. Hvad der kraftigt bestyrkede denne teori, var, at det tidspunkt, eller i hvert fald det år, hvor man mente, det var sket, faktisk passede temmelig godt med det årstal, hvor den hemmelige søn efter de flestes mening skulle være født – lidt afhængig af, hvordan man regnede det ud, selvfølgelig.

Ingen havde naturligvis nogensinde set den påståede søn, og strengt taget vidste man ikke, om der overhovedet fandtes en sådan, men det pirrede kun fantasien og de digteriske evner så meget desto mere. For det betød jo, at der var frit valg på alle hylder med hensyn til, hvordan han så ud, hvad han arbejdede med, om han havde giftet sig og havde stiftet familie, om han var rig eller fattig, og så videre og så videre.

Der var endda nogle få, der engang havde fået den opfattelse, at boghandleren havde en søster eller halvsøster eller kusine i en mindre jysk provinsby, og at de mente så, at det nok var hende, der havde adopteret den uægte søn. Det forlød endda, at Oda i al hemmelighed havde fulgt sønnens opvækst ved nogle godt camouflerede besøg hos adoptivmoderen og hendes mand. Ikke særligt hyppigt, men dog alligevel et par gange om året, i hvert fald, og sikkert endda flere end dem, man havde formodning om. Hvis de var hemmelige, som alt jo tydede på, siden ingen vidste noget konkret om dem, kunne der jo i princippet være lige så mange, det skulle være og lige så mange man overhovedet kunne forestille sig, uden at nogen havde opdaget det. Og hermed var der jo lige som givet los for enhver tænkelig udgave af forholdet mellem den hemmelige mor og den hemmelige søn.

Men alligevel var der dog lidt fakta at bygge på, blev det fremhævet af dem, der gerne ville have deres sladderhistorier til at lyde lidt mere velunderbyggede end de andres. Det stod nemlig fast, at Oda gennem mange år havde været bortrejst i flere dage ad gangen ved højtiderne. År efter år. Ved påske, i skolernes efterårsferie, og omkring jul og nytår. Og på et tidspunkt midt i juni, som man gættede på nok var drengens fødselsdag. Hun havde at mærke været alene på disse rejser, og ikke sammen med boghandleren eller for den sags skyld nogen andre, som man kendte. Det vidste man med sikkerhed, for der var ikke færre end tre af familiens medlemmer og bekendte, der i årenes løb havde set Oda ombord på et tog til Jylland, eller ligefrem i Storebæltsfærgens cafeteria, hvor det var nemt at se, om hun sad alene ved et bord og drak sin kaffe eller var sammen med nogen. Og i alle tre tilfælde havde det passet med, at det var lige inden en af disse højtider. Så her var der endelig noget, man vidste med sikkerhed, og som jo unægtelig pegede stærkt i den retning. Det var jo tydeligvis en by et sted i Jylland, hun var på vej til, og dermed en klokkeklar bekræftelse af at hun var på en hemmelig rejse for at besøge sin hemmelige søn hos den hemmelige adoptivfamilie i en hemmelig by et hemmeligt sted i Jylland.

Der var dog også dem, der mente, at det var en gammel tante oppe i Nordjylland, som hun besøgte flere gange om året. Hvorfor hun besøgte hende, vidste man ikke. Men tilhængerne af denne teori havde i hvert fald hørt, at der fandtes sådan en tante, selv om de til deres store ærgrelse ikke kendte navnet på hverken byen eller tanten. Til gengæld – og det var deres helt store bidrag til fortællingerne om Oda, hævdede de med bestemthed, at hun aldeles ikke havde nogen kontakt med sin hemmelige søn, og at hun end ikke vidste, hvor i verden, han befandt sig. Det var nemlig kutyme, mente de, at barnet i sådanne tilfælde med vilje blev bortadopteret til en familie, som moderen end ikke kendte navnet på, idet man åbenbart ville lade barnet vokse op i den tro, at adoptivforældrene var dets rigtige forældre, og derfor ikke ville risikere, at den biologiske mor senere fandt på at opsøge barnet.

De mente endda, at Oda netop derfor bar på en stor, men naturligvis hemmelig, sorg over den bortadopterede søn, fordi hun ikke vidste, hvor han befandt sig eller hvordan det gik ham. Hun havde jo aldrig set ham siden fødslen, og savnede ham derfor inderligt, uden dog nogensinde at kunne give udtryk for sin store sorg, fordi det hele absolut skulle holdes hemmeligt for enhver pris. De historier, der blev digtet over dette tema, hørte til dem, der hyppigste frembragte en lille, men meget sentimental tåre ned i kaffen og likøren, når de endnu en gang blev genfortalt med lidt nye kreative detaljer ved en eller anden familiesammenkomst. Hvilket måske på en måde beviser, hvor godhjertede og sympatisk indstillede, selv de værste rygtesmede kan være, i hvert fald i vores familie.

Men der skete jo heldigvis også noget nyt i sagen. Det fortaltes nemlig, at der en dag var dukket en ny kunde i boghandlerbutikken. Og vel at mærke en bogkunde. En af de sjældne bogkunder, der ikke bare kom for at spørge efter en bestseller eller en kogebog. Og som kom igen. Endda flere gange. Det særlige ved denne nye kunde var dels, at han var en pæn og velklædt yngre mand, næppe mere end midt i tyverne, og dels at han kom igen med kortere mellemrum end de fleste andre af de seriøse bogkøbere, der næsten alle var midaldrende eller ældre.

Det gav naturligvis stof til mange nye og spændende teorier, når man så det i sammenhæng med alle historierne om den hemmelige søn. Alderen passede i hvert fald. Så måske var det hendes bortadopterede søn, der havde fundet frem til hende og nu opsøgte hende, hvor hun arbejdede. Eller måske havde de haft kontakt hele tiden, som mange jo troede. Nu var han så flyttet til København for at studere, for eksempel. Han havde i hvert fald alderen til det. Så det lød jo som en teori, der godt kunne være realistisk.

De mest dygtige efterforskere af denne delikate historie ville endda vide, at denne unge mand meget ofte dukkede op i boghandlerbutikken sidst på eftermiddagen, lige inden butikken lukkede. Så det lige passede med, at han kunne blive spise aftensmad sammen med Oda, der næsten helt sikkert var hans mor og boghandleren, der måske, måske ikke var hans biologiske far. Dem, der havde set ham gå ind i butikken – og det var forbavsende mange – hævdede, at den unge mand havde en kropsbygning, der godt kunne minde om Odas, hvis man tog i betragtning, at han var meget højere og slankere. Og så havde han brune øjne, mens Odas var blå. Også boghandleren havde mærkeligt nok blå øjne.

Denne usikkerhed irriterede mange, men kunne naturligvis på ingen måde dementere historien som sådan. Dertil var den simpelthen alt for god og spændende og interessant. Og desuden alt for indgroet. Det var jo strengt taget også kun en lille detalje, som der sikkert var en eller anden naturlig forklaring på. Det ville naturligvis være alt for pinligt at spørge Oda eller den unge mand selv om sagens rette sammenhæng. Eller boghandleren, for den sags skyld. Og som fætter Rasmus, der var kendt for sine rammende bemærkninger, sagde: så risikerede man jo også bare at punktere en hel stribe af enormt gode og underholdende historier, teorier og herligt saftige gætterier på den måde. Og det ville da unægtelig være både synd og skam.

I august måned det år havde boghandleren fået den idè, at han ville holde en høstfest. Det skulle være for at skabe lidt reklame for den lille boghandel og især for salget af bøger. Så det var naturligvis årets boghøst, det drejede sig om. Altså forårets boghøst, men faktisk også dem fra efteråret før, for han havde til lejligheden konstrueret sin egen tidsregning, hvor året gik fra 1. august til 31.juli. Han havde nu slet ikke alle de udkomne bøger fra alle mulige forlag med, men havde omhyggeligt udvalg dem, han selv syntes bedst om, og som måske var blevet overset af læserne, og så selvfølgelig de allerstørste bestsellere, som ikke var til at komme udenom. Han holdt en reception med hvidvin og snacks, og der kom da faktisk også en del mennesker, mest nogle fra lokalområdet, som nok mest kom for at få et par gratis glas hvidvin. Derimod kom der nok kun en enkelt boganmelder fra en avis, og det var mest det, han havde håbet på.

Han var nemlig også selv begyndt at udgive bøger. Det var noget nyt, han var begyndt på, og det havde han vistnok ret store forhåbninger til. Det hang sammen med, at han ved et tilfælde var stødt på et gammelt papirlager, der var billigt til salg fra et konkursbo. Det var vist et gammelt bogtrykkeri, der var gået fallit. Det havde et par hundrede år på bagen og inderst i et lager af gammelt papir til bogtryk lå der nogle store stakke af rigtig gammelt papir af den type, der blev brugt i første halvdel af 1800-tallet, og som man for længst var holdt op med at bruge, da der fremkom nye og mere moderne papirtyper, der var fremstillet af træmasse.

Det gamle papir var nemlig fra helt tilbage før den tid. Dengang, da man fremstillede papir af gamle klude i stedet for af træmasse. Det så også anderledes ud. Der var en slags struktur i det, og det var vel nærmest håndlavet. Han blev straks helt forelsket i det gamle papir. Det var meget mere sanseligt end moderne papir, sagde han. Meget mere visuelt spændende. Moderne papir var meget mere kedeligt og ensformigt, sagde han. Så han havde skyndt sig at købe det store lager af det gamle papir for en billig penge på auktionen over alle de forskellige ting fra konkursboet.

Han havde også sikret sig en rigtig gammeldags bogtryk-maskine, en lille maskine, der blev kaldt en fluesmækker, og som blev drevet ved håndkraft, ved at man smækkede eller vippede trykpladen ned mod et ark papir. Hver gang skulle man så huske at sværte trykpladen med tryksværte med en håndrulle, så det var en ret langsommelig proces. Han havde også sikret sig nogle sættekasser med gamle bogtryktyper – de gamle typer, der var støbt i bly og skulle sættes med håndkraft. Så det var næsten så gammeldags som det kunne blive.

Det var lykkedes ham at skaffe plads til sit lille bogtrykkeri i et kælderrum, som han havde lejet et sted i nærheden. Hans første bogudgivelse var nogle af hans egne digte, som vist ikke var særligt geniale, det sagde de andre i familien i hvert fald. Selv om den var lavet rigtig gammeldags og på det gamle papir, så var den dog ikke sat med krøllede bogstaver, eller gotiske bogstaver, som det rigtigt hedder. Det var ellers dem, der blev brugt til næsten alle tryksager dengang i 1800-tallet. Men det ville nok alligevel være for svært for moderne læsere. Men der var faktisk også enkelte bøger dengang, der blev sat med almindelige bogstaver af den slags vi bruger i dag – antikva, som typograferne kalder det. og her havde han fundet et eksempel, som han var meget stolt af at kopiere.

Det var en gammel digter, som vi faktisk havde haft noget om i skolen, og som hed Adam Oehlenschlæger. Han havde været meget berømt engang, og især hans første store digtsamling, der hed ”Digte 1803”. Boghandleren havde den rigtig gamle udgave af den, og den var – i modsætning til næsten alle andre bøger dengang – ikke sat med gotiske bogstaver, men med antikva, altså de typer, vi bruger nu. På det gamle trykkeris konkursbo var det lykkedes ham at finde nogle kasser med antikva-typer i en lidt gammeldags udformning, der fuldstændig lignede dem, som Oehlenschlægers berømte ”Digte 1803” var sat med, og han kunne ikke lade være med at prale med, at de bøger, som han udgav, var sat med præcis de samme typer. Og trykt på det gamle papir, som han også altid fremhævede.

Den næste bog, han udgav, var sandelig også af ældre dato. Det var en gammel bog på tysk, som han havde fundet hos en antikvarboghandler. Den var vist oprindelig skrevet af en spanier og handlede om korrekt og succesrig opførsel i mange forskellige situationer. Vel nærmest en slags tidlig forløber for bøger i stil med en, der hed noget med "Vind venner og få indflydelse", som var ret meget omtalt dengang i 1960'erne. Men denne her var altså meget ældre, og den spanske bog var så blevet oversat til tysk af en berømt filosof, der hed Schopenhauer, engang i 1800-tallet. Men boghandleren havde vist kun udvalgt de kapitler, som han selv syntes var de bedste, og så havde han selv siddet og oversat dem fra tysk.

Det var de to bøger, han havde fået lavet færdige til receptionen ved den specielle høstfest og stolt præsenterede. Han brugte efterhånden så meget tid på alt arbejdet med disse bogudgivelser og det langsommelige arbejde med at sætte dem og trykke dem på den gammeldags måde, så han ikke havde ret meget tid til at være i boghandelen. Efter de to første udgivelser, der i øvrigt solgte elendigt, koncentrerede han sig igen om boghandelen, indtil han efter et par år begyndte at arbejde på den tredje udgivelse.

Dengang fandtes der i et par år en meget alternativ søndagsavis, der hed "Hovedbladet". De første par numre var rigtig flot lavet, i flere sektioner i stort avisformat og med farvetryk, men overhånden blev det lidt mere beskedent, i tabloidformat, og de havde vist svært ved at finde nogen, der ville trykke bladet. Men det udkom dog i et par år. Det udviklede sig til, at hvem som helst kunne skrive nærmest hvad som helst i bladet. Det var altså ikke skrevet af journalister, men alle af mulige, der havde et eller andet, de gerne ville skrive om. Det var vist nærmest et princip, at alle skulle kunne skrive om det, der optog dem. Der var da også mange spøjse artikler, af meget blandet indhold. Også nogle, der var temmelig højttravende.

For eksempel var der en, der hed Per Draminsky, der uge efter uge skrev en lang artikel om forskellige emner i forbindelse med atomfysik, som han vistnok på nogle punkter havde en lidt alternativ opfattelse af. Disse artikler læste boghandleren med stor interesse, og han blev så fascineret af dem, at han ville samle disse artikler og udgive som bog. Men jeg tror nu ikke, han kom særlig langt med projektet. Jeg ved egentlig heller ikke hvorfor. Men måske blev han optaget af andre ting. Det viste sig nemlig, at Oda var gået i gang med at skrive sine erindringer og ville have, at han skulle udgive dem. Men af en eller anden grund fik jeg det indtryk, at de var blevet voldsomt uenige om det og flere gange havde været oppe at skændes om det. Så jeg ved heller ikke, om han nogensinde udgav hendes erindringer, eller om han ligefrem påberåbte sig, at der var nogle tekniske problemer med det gamle maskineri, så han af den grund var forhindret i at udgive flere bøger. Men det kan også godt være, at det også bare var nogle rygter, som måske ikke havde så meget på sig, for den slags skete jo også tit.

Mysteriet om Tolderens The og Gamle Frøken Petersen

Det var blevet solskinsvejr igen. Klar blå himmel med smukke hvide skyer, og faktisk ret varmt. Det kunne Moster Marna godt lide. Så kunne de måske sidde ude i haven til deres formiddagsthe. De drak formiddagsthe hver dag året rundt. Præcis klokken halv elleve. Det var en af deres faste traditioner, som de blev ved at holde i hævd, år efter år. De skiftedes til det, hver anden dag var det hende, der kogte vand på det store gammeldags komfur og bryggede theen og smurte franskbrødsmadderne, der hørte med, og hver anden dag var det onkel Ola, der stod for det.

Ola stammede egentlig fra Norge, men han havde boet her i landet siden han var 18.

Dengang, for snart mange år siden, var hans forældre flyttet hertil, fordi hans mor havde fået arbejde som ingeniør på Burmeister og Wain, der dengang stadig eksisterede og var en af de store virksomheder inden for jernindustrien. Det var ikke så almindeligt dengang. Altså at en kvinde var ingeniør, og ovenikøbet på et stort skibsværft. Det var nu ikke skibe, hun tegnede og konstruerede. B & W havde jo også en stor motorfabrik for skibsmotorer, men det var heller ikke her, hun var ansat. Det var derimod i den meget mindre og knap så kendte afdeling, hvor man beskæftigede sig med flyvemaskiner. Det var dog kun i en kortere årrække lige i flyvningens barndom, at de arbejdede med at konstruere et par prototyper til små flyvemaskiner. Da det kom til stykket, blev de dog aldrig sat i produktion, som det vist ellers havde været meningen fra starten.

Hans far var derimod møbelpolstrer, og det kunne man jo være næsten overalt. I hvert fald dengang, hvor folk ikke var nær så inficerede med brug og smid væk tankegangen som de fleste blevet i dag. Dengang var det mere almindeligt, at man værnede om de ting, man havde, i stedet for ustandseligt at udskifte dem med noget nyt og smartere. Man satte meget mere pris på solide kvalitetsting, som for eksempel gamle arvestykker, der måske var gået i arv i en familie i flere generationer.

Det viste sig faktisk, at markedet for ompolstring og generel istandsættelse af ældre solide kvalitetsmøbler var noget større her i landet. Eller muligvis skyldtes det, at de havde bosat sig i et velhavende kvarter, hvor der var temmelig mange af den slags møbler. Eller muligvis kunne det også skyldes, at folk hernede ikke passede helt så godt på deres ting, så de hurtigere blev slidte og trængte til ompolstring. Men hvorom alting er, så fik han hurtigt opbygget en blomstrende forretning som møbelpolstrer. Et godt og solidt funderet lille firma med en halv snes ansatte.

Da Ola så havde rundet de 24, giftede han sig ret pludseligt med Marna, som kom fra en tolderfamilie i en større provinsby et sted i det jyske. Mere er der egentlig ikke grund til at sige om byens beliggenhed. Egentlig er det lidt uretfærdigt at kalde det for en tolderfamilie. For det var kun hendes far, der var tolder. Hendes mor var en ganske almindelig hjemmegående husmor, et udtryk, mange stadig brugte dengang. Hun tog sig af hus og hjem og børn og madlavning og rengøring og havepasning og storvask og klatvask og blevask og opvask og hund og kat og alt det andet, der bare hørte med til sådan en husholdning dengang.

Dengang var det ikke særlig anstrengende at være toldembedsmand, især ikke, hvis man havde en lidt overordnet stilling og sad på kontor. Derfor havde de tid til at drikke formiddagsthe hver dag på toldkontoret, hvor han var ansat. Præcis klokken halv elleve, idet der først var frokost klokken eet. Dengang var det naturligvis ikke toldembedsmændene selv, der tilberedte deres formiddagsthe. Den slags havde man folk til, som det dengang uden blusel blev sagt.

”Folk” var i dette tilfælde den gamle Frøken Petersen, der havde været ansat på toldkontoret i en menneskealder, og som derfor nok vidste, hvordan en ordentlig formiddagsthe skulle planlægges, forberedes, tilberedes og serveres. Samt indtages på en nobel og kultiveret måde. Nej, ikke bare indtages, men nydes. Kaffe var noget, man drak, men the skulle nydes. Det var Frøken Petersens holdning til det, og den fraveg hun ikke.

Da hendes far, gamle Herr Petersen, som altså også var moster Marnas far, omsider gik på pension fra toldkontoret, tog han traditionen med at drikke formiddagsthe hver formiddag præcis klokken halv elleve med sig hjem. Det var dog stadig ikke ham selv, der tilberedte formiddagstheen. Det var heller ikke Frøken Petersen, men hendes søster, som var gift med gamle Herr Petersen og hed moster Marnas mor. Det kaldte vi hende altid. Det satte han ganske roligt sin trofaste hustru og kone til, hver evig eneste dag året rundt.

Da moster Marna selv voksede til og begyndte at blive mere bevidst om, hvordan tingene hang sammen, både i hjemmet og ude i samfundet og visse andre steder, blev hun voldsomt forarget over denne ensidige fordeling af arbejdsopgaverne, og undrede sig især over, at hendes mor uden videre fandt sig i det. Hun svor, at når hun engang blev gift, så skulle det blive anderledes. Og det blev det også. Men hun måtte jo vente i mange år, før det blev alvor.

Men alligevel var traditionen med formiddagstheen blevet så indgroet også hos hende, så hun tog den med sig ind i sit ægteskab. Dog med visse ændringer. Så længe hun og hendes mand – som var onkel Ola – gik på arbejde, var det kun lørdag og søndag, at de kunne drikke formiddagsthe sammen, og så forslog det jo ikke rigtog noget. Først, da de begge var gået på efterløn, kunne det virkelig ske fyldest, som de kaldte det dengang.

Nu begyndte de at drikke formiddagsthe hver dag. Hver evig eneste dag. Præcis klokken halv elleve, ligesom i sin tid på toldkontoret i den lille by i den anden ende af landet. Men hun havde straks fra staryen insisteret på en mere rimelig arbejdsfordeling. Hver anden var det hende selv, der stod for at tilberede deres formiddagsthe, og hver dag var det hendes mand Ola. Til hendes store forundring (men naturligvis også glæde) havde Ola slet ikke protesteret mod dette.

I virkeligheden så nød han vist nærmest at stå der i køkkenet og koge vand og brygge the og smøre franskbrødsmadder med ost og jordbærsyltetøj og orangemarmelade. Sjovt nok, så var det faktisk ham, der var mest ivrig efter at fastholde præcis den måde, det var foregået på det længst nedlagte toldkontor, og det helt ned i den mindste detalje. Han havde jo kun hørt om, hvordan det foregik dengang og havde vist aldrig selv sat sine ben på et toldkontor. Men måske var det netop derfor, at han havde fået sådan et nostalgisk forhold til det, for det var lige præcis det, han havde. Ud fra de mange beretninger, han havde hørt om det, var han kommet til at opfatte det som selve symbolet på god gammeldags hyggelig hygge fra dengang før verden gik af lave. Efter at han var gået på efterløn og jo derfor selv var kommet op i årene og var begyndt at gå mere op i den slags ting.

Han var begyndt at gå virkelig meget op i de helt små detaljer. For eksempel holdt han stædigt fast ved, at det skulle være nøjagtig den samme slags the, den selvsamme thesort, som han kaldte, som var blevet brugt dengang på toldkontoret. Selv om den efterhånden kunne være svær at skaffe og måtte indkøbes i en specialforretning i en fjerntliggende naboby. I hvert fald temmelig fjerntliggende af en naboby at være.

Der lå der nemlig i en lille sidegade en decideret thehandel. Det var en virkelig eksklusiv og i øvrigt utrolig hyggelig specialforretning, der var holdt helt i den gamle stil, og hvor de solgte flere hundrede forskellige slags the. Og kun the, eller tilbehør til thebrygning, det sidste dog kun i et begrænset om fang. Og hvor der i øvrigt var en helt utrolig sød og smilende kvindelig ekspedient, der gjorde en utrolig stor indsats for at holde fast på de mest givtige og mest regelmæssige kunder, hvortil Ola jo efterhånden hørte.

Så hun tog sig altid meget kærligt og imødekommende af hans behov for netop den specielle slags the, selv om den skulle hentes ned fra en hylde højt oppe, hvor hun var nødt til at klatre op på en stige, som han var nødt til at holde for hende.

Derimod kunne moster Marna godt lide at eksperimentere lidt mere. Hvordan det nu end var gået til, så havde hun også opdaget den selvsamme eksklusive thehandel i den fjerntliggende naboby, men åbenbart uafhængigt af Ola. Så hver anden måned var det hende, der tog bilen og kørte til den gamle hyggelige thehandel i nabobyen for at købe the til deres faste formiddagsritual, som det jo efterhånden havde udviklet sig til.

Hun var vildt begejstret for alle de mange valgmuligheder, der var. Hun kunne slet ikke blive færdig med at afprøve alle mulige nye og spændende thesorter hele tiden. Som sagt flere de flere hundrede forskellige thesorter på lager i den eksklusive thehandel, så der var nok at gå i gang med. Så hver gang, det var hende, der stod for indkøbet af the, så var det altid en ny slags, der som regel smagte en hel del anderledes end den foregående.

Alene det at gå rundt i butikken var noget af en oplevelse for hende. Hun nød at gå på opdagelse blandt alle de mange spændende og næsten altid yderst velduftende og aromatiske thesorter, der ofte stammede fra ellers lidet kendte thedistrikter langt fra alfarvej. Heldigvis var der en umådelig venlig og meget imødekommende mandlig ekspedient, der med næsten uendelig tålmodighed klatrede op på stigen og hentede de forskellige thesorter ned fra selv de højeste hylder til hende, blot for at hun kunne nyde deres aroma og have måske en halv snes – eller en hel snes, for den sags skyld – at vælge imellem, når hun skulle træffe det svære valg om, hvilken af dem, det så skulle være denne gang.

Hun sjuskede ikke med det. Tværtimod udviste hun stor grundighed og seriøs og velovervejet omhu skred til værket og udpegede den, hun denne specielle dag syntes bedst om, og som vel at mærke helst skulle være en ny, som hun ikke havde prøvet før. Så gav hun ham besked, hvilken af dem, hun ønskede. Derop gav han sig til at veje det ønskede kvantum af, for også dette foregik samtidig på den gode, gammeldags og helt traditionelle måde.

Det kunne naturligvis ofte være svært at huske, præcis hvilke af de mange forskellige slags the, hun havde prøvet før, men også her kom den flinke ekspedient hende til hjælp. Han havde nemlig en lille notesbog med hendes navn smukt kalligraferet udenpå. Den tog han så efter hvert af hendes indkøb frem, og noterede omhyggeligt ned, hvilken thesort, hun denne gang havde købt. Næste gang, hun kom i butikken, kunne han så slå efter, om den, hun så overvejede at købe, allerede var noteret i den lille notesbog, så hun kunne undgå den slags kedelige fejltagelser, som hun senere måske ville fortryde.

Det viste sig, at det var en service, han ydede over for en lang række af de faste kunder, der vedblivende kom i butikken år efter år. Dette skuffede hende dog kun et ganske kort øjeblik, før hun indså, at den slags var der ikke nogen grund til at gå op i, når han i øvrigt ydede så fortræffelig en service, som han gjorde, og som det kunne være ganske svært, for ikke at sige næsten umuligt at opdrive ret mange andre steder i vore dage.

Så hun var godt tilfreds med sine besøg i thehandelen. Hun var altid glad og opløftet, og følte sig næsten forynget, når hun senere på dagen eller ud på aftenen kom hjem fra sine besøg i den vidunderlige thehandel.

Alt dette fortælles egentlig blot for at illustrere forskellen mellem Olas og hendes vidt forskellige tilgang til theindkøbene. Og det var så også kun på det punkt, deres thevaner adskilte sig fra hinanden. Når det gjaldt selve thebrygningen og theserveringen i hjemmet var der ikke nogen væsentlige forskelle. De holdt begge fast ved de overordnede rammer for, hvornår og hvordan deres daglige formiddagsthe skulle foregå.

Der skulle serveres franskbrødsmadder til, og det skulle være birkesfranskbrød. Det lå fast. Det gode birkesfranskbrød fra den rigtige håndværksbager. Hverken sigtebrød, surbrød, grahamsbrød eller nogle af de forskellige moderne former for grovkernebrød. Det lå helt fast for begges vedkommende. Ikke fordi de var fanatikere, hvad brød angik. slet ikke. Grovbrødet og det med solskikkekerner og 3-kornsbrød og 5-kornsbrød og speltbrød og chiabrød, og hvad man ellers fandt på at putte i brødet i vore dage, kunne såmænd være godt nok til andre lejligheder.

Men ikke til deres formiddagsthe. Der skulle det være franskbrød med birkes. Andet kunne ikke komme på tale. Og det skulle ikke være de blå birkes, for det brugte man ikke til franskbrød dengang på toldkontoret, som de havde hørt så mange beretninger om. Og da i hvert fald slet ikke hos den bager, hvor franskbrødet til toldkontorets formiddagsthe altid blev indkøbt af den stoute og flittige frøken Petersen hver formiddag klokken fem minutter over ti. For selvfølgelig skulle de have frisk franskbrød hver dag. Daggammelt brød ville slet ikke passe sig for toldkontorets ansatte, det ville være en næsten utænkelig tanke.

Hvad der skulle på brødet lå også helt fast. Først et rigeligt lag smør. Ikke margarine, heller ikke plantemargarine. Heller ikke nogen af de blandingsprodukter, der efterhånden kom stadig flere på markedet af. Rigtig godt, gammeldags smør. De havde haft en lille strid kørende om, hvorvidt smørret skulle være økologisk eller ej. Onkel Ola var imod. Ikke fordi han var imod økologi som sådan. Det hørte bare ikke hjemme i denne her sammenhæng, mente han. Kernen i hans argument var, at det ville være forkert at indkøbe økologisk smør til formålet, da et sådant produkt slet ikke blev markedsført dengang for mange år siden, da Marnas far var tolder, og at det derfor ville være et brud med traditionen.

Omvendt hævdede moster Marna, at dengang – og det var jo efterhånden rigtig mange år siden – da var alle landbrugsprodukter jo sådan set økologiske, uden at man vidste det, så at sige, fordi det var inden, man begyndte at bruge kunstgødning og kemiske sprøjtemidler og al den slags. Og derfor, mente hun, ville det netop være den bedste måde at holde traditionen i hævd på, hvis de sørgede for at indkøbe smør, der tydeligt var mærket som økologisk. For så var det netop sikre på, at det var den samme gode gamle slags smør som dengang. Det var jo indholdet, altså smørret, der skulle svare til traditionen, sagde hun, og ikke hvad der stod uden på emballagen.

Og hun satte trumf på ved at hævde – som sandt jo er – at emballagen og dens design jo alligevel er en anden end dengang, selv på det almindelige smør, der ikke er økologisk. Men til trods for dette argument, som hun selv syntes var meget overbevisende, så gav onkel Ola sig ikke. En gang imellem kunne han godt blive virkelig stædig, når det gjaldt.

Så efter en række lange yderligere diskussioner om det var det endt med et kompromis: hver anden dag, når det var moster Marna, der lavede formiddagsthe, blev franskbrødet smurt med økologisk smør, og hver anden dag, når det var onkel Ola, der tilberedte den, så var det med smør, der ikke var økologisk.

Et andet vigtigt punkt var pålægget på franskbrødsmadderne. Men her var der til gengæld ikke nogen vaklen eller uenighed mellem ægtefællerne. Heldigvis, kan man sige, var der her et punkt, hvor de var fuldstændig enige. Her lå traditionen fast. På fuldstændig samme måde, som den havde gjort på toldkontoret i sin tid. I hvert fald hvad de overordnede retningslinjer angik. et stykke med ost, et stykke med jordbærsyltetøj, og et stykke med orangemarmelade.

Når det blev mere konkret, så kunne der jo alligevel godt være problemer. For eksempel, når det gjaldt osten. For hvilken slags ost skulle det være? Desværre havde moster Marna glemt, hvilken type ost, der blev brugt til toldernes formiddagsthe dengang. Eller sandsynligvis havde hendes far aldrig omtalt det nærmere derhjemme, men blot sagt et stykke franskbrød med ost. Så det kunne jo være hvad som helst, og derfor måtte der også være frit slag for moster Marna og onkel Ola. Så det skiftede lidt, hvad slags ost, det var. Det skulle blot være en nogenlunde almindelig fast ost. Ikke noget alt for fancy eller specielt. Så det afhang en hel del af deres personlige smag, og efter hvad der var på tilbud i Brugsens osteafdeling.

Underligt nok købte de ikke osten til deres formiddagsthe hos den lokale ostehandler. For en sådan var der faktisk stadig der i byen, ganske vist nede i den anden ende af hovedgaden. Men det var, fordi han var så dyr med sin ost. Meget dyrere end Brugsen. Og når det nu ikke betød så meget, præcis hvilken slags ost, det skulle være. Det gik de ikke så meget op i.

Anderledes forholdt det sig med jordbærsyltetøjet. For her kunne moster Marna huske, at hendes far gentagne gange havde sagt, at det var en helt speciel og fantastisk god og velsmagende jordbærmarmelade, som frøken Petersen på toldkontoret selv syltede adskillige glas af hver sommer af jordbær, som hun mod en beskeden betaling, enten i penge, eller hvad det nu var, havde fået lov til selv at plukke i naboens store have, hvor der var række efter række efter række med jordbærplanter af flere forskellige sorter.

Hun sørgede naturligvis for hvert år at sylte så mange glas af den helt fantastiske jordbærmarmelade, at der var både til hende selv og hendes mange gæster og naturligvis især til tolderne på toldkontoret hele vinteren og foråret igennem, indtil det blev sommer og jordbærsæson igen. Hendes far, altså moster Marnas far, tolderen, havde gentagne gange sagt, at det var simpelthen det bedste jordbærsyltetøj, han nogensinde havde smagt.

Han kaldte det i øvrigt altid for syltetøj og ikke marmelade.

Men hvad mere var, så mente han, at hun måtte komme nogle specielle ingredienser i, af en eller anden slags, for at få det til at smage så fantastisk godt. Ganske vist brugte hun jo jordbær af 4-5 forskellige sorter med lidt forskellige smagskvaliteter i et ganske bestemt blandingsforhold – det havde hun engang fortalt ham, men vist uden at nævne navnene på de forskellige jordbærsorter. Og han mente ikke, at det i sig selv var nok til at forklare den helt fantastiske smag. Og så var de jo på den, for de kendte jo overhovedet ikke noget til frøken Petersens temmelig specielle opskrift på jordbærmarmelade. De anede ikke engang, hvad der var blevet af hende, efter at hun for flere årtier siden var blevet pensioneret. Hvis hun stadig levede, måtte hun være tudsegammel, mindst 90, eller måske snarere omkring de 100, og boede sandsynligvis på et plejehjem et eller andet sted, som de ikke anede, hvor var.

Til sidst var Marna og Ola efter en del snak frem og tilbage dog blevet enige om, at det måtte være

godt nok, hvis de købte noget virkelig kvalitets-
jordbærsyltetøj (ikke marmelade) i den lidt
dyrere prisklasse – og naturligvis uden tilsatte
farvestoffer og den slags, for de var i hvert fald
helt sikre på, at den slags brugte frøken Petersen
i hvert fald ikke. Det skulle helst være noget,
hvor der på etiketten stod, at det var
"hjemmelavet jordbærsyltetøj", eller
"fremstillet efter en traditionel opskrift" eller
noget i den retning.

Med orangemarmeladen var det lidt nemmere,
så det ud til. Og dog. Moster Marna mente
nemlig at kunne huske navnet på den specielle
orangemarmelade, der altid var blevet brugt på
toldkontoret i hendes fars tid. Det var jo en
købemarmelade. Af et ganske bestemt engelsk
mærke. Men desværre viste det sig, at dette
specielle fabrikat ikke mere blev forhandlet her
i landet, selv om de var rundt i mange forskellige
butikker for at spørge efter det. Til sidst var det
dog lykkedes dem at få den lokale ostehandler
til at tage det hjem som special-import
udelukkende til dem, selv om det ganske vist
blev til en hamper pris, cirka 4-5 gange så meget

som et glas almindelig god orangemarmelade kostede, for eksempel hos Irma. Men så måtte det være sådan, mente de. For det var vigtigt, at det blev så autentisk som muligt. Det var jo det, der var kernen i det hele.

Og dermed var det meste på plads, i hvert fald i de store linjer. Undtagen altså selve theen, naturligvis. Og dog, for det er der jo allerede fortalt en hel del om. Man skal jo begynde med det vigtigste og mest centrale, som vi jo derfor også har gjort. Men ulykken var jo her, at der desværre var to vidt forskellige opfattelser af det hos moster Marna og onkel Ola. Det havde de jo heldigvis nogenlunde lært sig at leve med efterhånden.

Selv om det skal indrømmes, at onkel Ola undertiden var ved at få en af Marnas nye og særligt krydrede eller parfumerede theer galt i halsen. Og selv om moster Marna en gang imellem (men også kun en gang imellem, det skal siges) beklagede sig over, at onkel Ola evig og altid, år ind og år ud, holdt sig til præcis den samme gammelkendte the, så hun en gang imellem (men kun en gang imellem) efterlyste bare en lille smule variation og fornyelse fra hans side. Om det også gjaldt på andre områder, kommer ikke denne tekst ved; her beskæftiger vi os kun med theen.

Note fra fortælleren:

Jeg (fortælleren, der har påtaget mig det hverv at fortælle historien om moster Marna og onkel Ola og deres thevaner) er naturligvis klar over, at en del moderne læsere sikkert vil undre sig over, at jeg hele denne beretning igennem konsekvent har skrevet "the" og ikke "te", som den korrekte stavemåde jo er i vore dage, hvis man ellers skal tro på noget af det, der står i Retskrivningsordbogen. Men moster Marna og onkel Ola ville helt sikkert ikke have brudt sig om, hvis jeg havde stavet deres elskede formiddagsthe uden "h", for det gjorde man nemlig ikke dengang på toldkontoret, hvor hendes far var overtolder, for det var længe før den såkaldte retskrivningsreform, hvor det stumme "h" brutalt blev fjernet fra en lang række ord.

Tilføjelse:

Jeg kan i øvrigt også tilføje dette, der måske vil interessere en del læsere:

Jeg er nemlig fra anden side – efter at den ovennævnte beretning om Tante Marna og Onkel Ola var skrevet og endda også sat og trykt – blevet gjort opmærksom på, at der foreligger en del yderligere oplysninger om sagen, og navnlig visse forhold, der drejer sig om Frk. Petersen, der kunne tyde på, at hun har været en noget mere farverig person, end man umiddelbart kunne tro ud fra den ovenstående beretning, og at hun muligvis har spillet en noget større rolle end det hidtil har været kendt.

Jeg undlader derfor ikke at gengive den følgende beretning, som jeg gerne vil takke tante Marnas grandnevø Peter og hans daværende forlovede Marita for. De havde nemlig haft held til at finde frem til den gamle Frk. Petersen, der viste sig stadig at være i live. Hun boede nu på et plejehjem og var 98, men stadig i stand til at fortælle en god historie, når lejlighed bød sig, og det gjorde den jo nu, da de to unge kom på besøg og spurgte til hendes tid på det falske toldkontor hos Tante Marna og Onkel Ola. Det ville hun hellere end gerne fortælle om. Det var jo rigtig mange år siden, det havde fundet sted, så det var ikke alt, hun var i stand til at huske lige nøjagtigt eller særlig detaljeret, men så var hun heldigvis noget af en ørn til at rekonstruere, hvad der sandsynligvis var sket – eller hvad der i hvert fald meget nemt kunne tænkes at være sket, hvis man med et åbent sind slog ørene ud for andet end den mest grå realismes kedsommelige underdrivelser.

Jeg gengiver derfor her de fleste hovedtræk af det, som Peter og Marita fortalte mig om det, som den gamle Frk. Petersen fortalte dem under den halve snes besøg, som de aflagde hos hende på plejehjemmet, hver gang medbringende en solid frokost, som hun nød i fulde drag, og som ifølge de to unge lagde en god og solid klangbund for hendes beretninger om gamle dage, der ofte fortsatte til langt ud på aftenen.

I sagens natur og ikke mindst af pladshensyn –
og til dels også på opfordring fra min advokat,
der i øvrigt er ekspert i injuriesøgsmål - kan det
kun blive i en stærkt forkortet form, hvor kun det
vigtigste og mest umiddelbart troværdige af alt
det, den gamle dame så gavmildt berettede, er
medtaget.

Her følger nogle hovedpunkter af det, som de to
unge, Peter og Marita – fortalte mig om det som
gamle Frk. Petersen havde fortalt dem under
deres besøg hos hende på plejehjemmet:

En af de første ting, som de prøvede at lokke ud
af hende, var opskriften på den der specielle
jordbærmarmelade, som hun åbenbart gennem
adskillige år serverede til "Toldertheen", som
hun altid kaldte det. Det varede lidt, før hendes
erindringer om det kom på gled. Og så viste det
sig, at der faktisk var to lidt forskellige
forklaringer på det – eller faktisk tre – eller skal
vi nøjes med at sige to en halv, for de to seneste
af de erindringer om det, der efterhånden
dukkede op i hendes beretninger, hang på en
måde sammen.

Den første forklaring – eller rettere sagt opskrift - på Frk. Petersens jordbærmarmelade var for så vidt ret enkel. Den gik simpelthen ud på, at der til de øvrige ingredienser blev tilføjet en god sjat af en italiensk jordbærlikør, der bærer navnet Krambamboli. Den brugte hun faktisk gennem flere år, indtil der skete noget, der næsten uundgåeligt måtte få som konsekvens, at opskriften blev ændret – eller rettere sagt, tilføjet endnu en ingrediens.

Det, der skete, var at tolderen en dag under sit arbejde ved grænsekontrollen havde konfiskeret fem flasker jordbærbrændevin fra et fjernt sted langt væk i udlandet, hvor den uheldige turist havde været på ferie. Det ville naturligvis synd bare at lade det gå til spilde, og da det jo endda drejede sig om noget med jordbær, så var det nærliggende ar afprøve, om det måske ville forbedre Frk. Petersens jordbærmarmelade, der efterhånden var blevet en ganske vigtig del af tolderens the-ritualer.

Og det gjorde det. Altså forbedrede den. Det kunne der ikke være to meninger om, det var alle, der smagt tilstrækkelig meget af den fantastiske jordbærmarmelade, rørende enige om.

Så langt, så godt. Men intet varer jo evigt. Det gjorde de fem flasker jordbærbrændevin desværre heller ikke. På det sidste var der endda blevet spist en hel mere jordbærmarmelade til tolderens eftermiddagsthe, end der plejede. Så var gode råd dyre, for man havde hurtigt vænnet sig til den nye og endnu bedre smag, så nu syntes ikke længere, ar marmeladen overhovedet smagte særlig godt, hvis ikke var kommet noget jordbærbrændevin i. desværre lod det sig ikke gøre at fremskaffe noget mere af den beslagte brændevin, selv om der blev gjort adskillige forsøg på det. Ingen her i landet kendte noget til den og selv de mest velassorterede vinhandlere havde aldrig hørt om, at man fremstillede brændevin på basis af jordbær. Det samme gjaldt for de forespørgsler, man foretog i udlandet. Der var desværre heller ikke nogen rejsende fra fjerne og eksotiske lande eller feriemål, der forsøgte at indsmugle brændevin af netop den type. Så noget måtte gøres.

Endnu en gang var heldet med tolderen. Det viste sig nemlig, at en af hans kollega under en razzia hos nogle temmelig anløbne personer, der fremstillede hjemmebrændt spiritus, havde beslaglagt et destillationsapparat, som havde været anvendt til dette ulovlige formål. Tolderen – altså ham, der er tale om her – fik apparatet overdraget af kollegaen under påskud af, at det var vigtigt for ham at få et detaljeret kendskab til, hvordan sådan et apparat egentlig fungerede, så han ville få bedre muligheder for at genkende lignende ulovlige apparater hos andre, fremtidige hjemmebrændere. Næste trin bestod så i, at han meget omhyggeligt instruerede Frk. Petersen i, hvordan det skulle betjenes. Apparatet blev så, med tolderens hjælp, for en sikkerheds skyld installeret hjemme i Frk. Petersens køkken, for hun boede alene og havde ikke nogen særlig stor omgangskreds.

At have det stående hjemme hos tolderen selv, der hvor han boede sammen med sin hustru, kunne der ikke være tale om. Det ville være alt for risikabelt, og hans kone ville ikke kunne forstå det, og hendes temmelig talrige familie i øvrigt heller ikke. Tolderens tre voksne børn, der alle var fløjet fra reden, ville også undre sig, når de kom på besøg. Der ville blive alt for meget, der skulle findes en forklaring på.

Installationen af apparatet tog imidlertid længere tid, end i hvert fald Frk. Petersen havde regnet med. Faktisk så længe, at både tolderen og hans kollega blev nødt til at blive og overnatte hos Frk. Petersen, der dog til alt held var i besiddelse af en usædvanlig stor og bred seng for en enligt boende frøken uden egen ægtemand. Sengen var stor nok til to, men lige lovlig lille til tre personer, deriblandt to fuldvoksne mandfolk, der nok vidste, hvordan de skulle håndtere sådan en situation i overensstemmelse med datidens principper og karlekammermoral.

Det endte da også hurtigt med, at de kom til at ligge i en temmelig rodet og i øvrigt skiftende bunke, hvor først den ene, så den anden af de to var kommet til nærmest at ligge oven på Frk. Petersen i et forsøg på at få plads til dem alle tre i sengen, så det var først ud på morgenstunden, at en form for nattero indfandt sig. Og så skulle

Frk. Petersen endda tidligt op for at lave lidt morgenmad og en god stærk kande kaffe til dem, så de kunne blive vågne nok til at forklare et eller andet over for konen derhjemme, på en måde, så det lød overbevisende, så snart de var mødt ind på deres arbejde igen – sikkert noget med, at de var blevet udkommanderet til en pludselig natrazzia hos nogle smuglere, hvad der faktisk af og til skete, bare ikke nær hyppigt som deres koner troede.

Men det tog Frk. Petersen stort set med et smil, ligesom næsten alt andet, for det var hun simpelthen nødt til, hvis ikke hun ville gøre livet alt for surt og besværligt for sig selv. På samtlige de billeder, der findes af hende fra hendes unge dage, viser det sig da også, at hun storsmiler, ligesom så mange andre på fotografier fra den tid.

Selv om tolderen havde givet Frk. Petersen grundige instruktioner om, hvordan hun skulle betjene apparatet, følte hun sig forpligtet til at bede om assistance til det, enten fra toldmesteren selv, eller om fornødent fra nogle af hans ansatte, fordi hun ville være sikker på, at hun udførte det, hun skulle, på den helt rigtige måde og til toldernes fulde tilfredshed. Det kan jo heller ikke nægtes, at de tilstedeværende toldere på deres side følte sig forpligtet til at smage på de destillerede varer flere gange i aftenens løb, så de til stadighed kunne være sikre på, at kvaliteten var, som den skulle være.

Efter hvad de unge mennesker refererede, så lød Frk. Petersen ligefrem, som om hun var stolt af sin indsats – eller sin præstation, som man vel roligt kan kalde det – med at holde toldkontoret og dets ansatte embedsmænd kørende og i fuld vigør under de vanskelige forhold, der dengang gjorde sig gældende på toldkontoret såvel som alle andre steder dengang i de gode gamle hårde tider, hvor man ikke kom så nemt til tingene som i vore dage, og hvor der virkelig skulle ydes en indsats og gøre et flittigt og omhyggeligt stykke godt og tilfredsstillende arbejde for at opnå de ønskede og krævede resultater. Der kunne umuligt herske nogen tvivl om, at Frk. Petersen til fulde forstod, at dette gjaldt for hende såvel som for de fleste andre, og at hun på enhver måde gjorde sit yderste – og endda undertiden mere til, når forholdene lagde op til det – for at leve op til det, der forventedes af hende.

Det gik for så vidt også udmærket. Det virkelige problem opstod først senere, og vist egentlig nærmest ved et tilfælde. Toldmesteren havde nemlig besluttet for en gangs skyld at sende det, der skulle destilleres, hen til hende med et cykelbud i stedet for selv at komme med det, sådan som han plejede. Det vides ikke, om det blot var fordi han havde ekstraordinært travlt, eller fordi hans kone var blevet mistænksom over for hans hyppige aftenbesøg hos Frk. Petersen, der efter hendes – altså konens – mening ofte trak noget længere ud, end hun kunne forestille sig en fornuftig og anstændig grund til.

Nok er det, at han denne gang valgte at sende de pågældende produkter – som man jo godt kan kalde dem – hen til den hjælpsomme og arbejdsomme Frk. Petersen med et cykelbud. Men så skete der jo det, at cykelbuddet straks blev stormende forelsket i hende. Eller måske også - eller hvem ved, måske ligefrem nok så meget - i det effektive destillationsapparat og de muligheder, som det åbnede for at fremstille en lang række andre spændende produkter med højere alkoholprocenter end lige netop den hæderkronede jordbærlikør, som det hele var startet med. En mulighed som Frk. Petersen mærkeligt nok ikke selv havde tænkt på.

Men han gjorde sine hoser grønne i en sådan grad, at Frk. Petersen efter ganske kort tid lod ham få sin vilje, ikke blot med at flytte ind hos hende i lejligheden, men også med hensyn til destillationsapparatet, der snart efter kørte næsten i døgndrift. Men det skabte jo på den anden side problemer, når tolderne kom på besøg for at blive trøstet oven på en anstrengende smuglerjagt, hvad enten den nu var foregået ude i felten eller først og fremmest bag skrivebordet.

Ulykken ville nemlig, at det nu fastboende cykelbud desværre var meget jaloux. Det skabte i en periode mange bitre uoverensstemmelser mellem cykelbuddet og de skiftende toldembedsmænd, der nu pludselig i den grad savnede Frk. Petersens kærlige trøst og omsorg, når de efter egen mening virkelig trængte til det.

Om dette så endte med, at dem flittige og arbejdsomme Frk. Petersen mistede sit job og blev fyret fra sit arbejde på toldkontoret, vides ikke med sikkerhed. Men på den anden side har det nok været svært at skaffe en anden af hendes kaliber til at varetage jobbet.

Det er også muligt, at tolderen – altså toldmesteren, som det jo faktisk var – blev lige så jaloux som det påtrængende cykelbud, og så fuld af hævnbegær over hvad han utvivlsomt har opfattet som et fundamentalt svigt fra hendes side, selv om hun jo også her blot prøvede at gøre sit bedste, så han måske ligefrem slæbte hende for retten og fik hende dømt for medvirken til en omfattende fremstilling af hjemmebrændt spiritus, der blev solgt for gode penge, men uden de lovpligtige - eller andre og måske mere private - afgifter, så hverken toldvæsenets afgiftskasse eller toldmesteren selv fik noget ud af det. Det er derfor muligt, at det var et længere fængselsophold, der bevirkede, at hun tilsyneladende forsvandt fra toldkontoret.

Men det er også muligt, at det snarere var toldmesterens kone, der nu for alvor og uden forbehold eller formildende omstændigheder havde opdaget, hvad – og hvor meget – det egentlig var, hendes mand foretog sig med Frk. Petersen, og af den grund var blevet så rasende og jaloux, så hun var gået helt og aldeles amok over for stakkels Frk. Petersen, der jo hele tiden blot havde prøvet at gøre det hele så godt og pligtopfyldende som hun kunne, overfor sine foresatte, sådan som det dengang både var almindeligt og i vidt omfang forventedes.

Men det vides desværre ikke, hvilke af disse begivenheder, der var tale om, og hvor hårdt det gik ud over Frk. Petersen. Selv om vi jo ofte senere har spekuleret over det.

Men det var jo netop i efterårsferien det år, at jeg – og nogle af de andre - fik fortalt alt dette om Tolderens the og gamle Frøken Petersen, der åbenbart ifølge de unges beretning, da de fandt frem til hende på plejehjemmet, og mange år senere fortalte mig om det, slet ikke havde været helt så pæn og kedelig, som man måske i første omgang kunne tro.

Dengang blev efterårsferien ofte kaldt kartoffelferien, og forklaringen var den, at børnene oprindelig havde fået fri fra skole i den uge i oktober, fordi de skulle hjælpe deres forældre med at grave kartofler op. Det var dengang, da næsten alle boede ude på landet. Det var jo allerede det, man kaldte for "gamle dage", da jeg voksede op i 1960'erne, og jeg blev derfor lidt overrasket, da det viste sig, at vi skulle holde efterårsferie med at grave kartofler op hos en gammel tante, hvis mand var draget til andre jagtmarker, som hun lidt dramatisk udtrykte det. Det var dog ikke de evige jagtmarker, men en ung gimpe, han var faldet for efter at have jagtet hende gennem længere tid, og som i øvrigt forlod ham igen året efter, hvorefter han vistnok fandt en ny af samme slags.

Så derfor skulle vi halvstore børn altså grave alle hendes kartofler op, og der var altså virkelig mange, omkring 35 lange rækker på mindst 10 eller 12 meter. Heldigvis var der to af dagene, hvor det var regnvejr hele dagen. Det øsede ned fra morgen til aften, og så voldsomt, så selv de voksne mente, at det var umuligt at grave kartofler op i det vejr.

Så blev der tid til at sidde og lytte til det, der blev fortalt om toldertheen. Det var måske ikke det mest spændende, man kunne forestille sig, men det var da i hvert fald bedre end at grave kartofler op. Så derfor lod vi som om vi blev helt vildt interesseret i den historie. Og som det nogle gange går, når man starter med at lade som om man godt kan lide noget eller interesserer sig for det, så endte det i hvert fald for mit vedkommende med, at jeg faktisk blev rigtig fascineret af den historie og ikke mindst af Frk. Petersens rolle i den, og jeg har her prøvet at genfortælle det af den, jeg kan huske, så godt jeg kunne.

Mystikken om Fætter Carl

Han plejede at fyre sit gode humør af som en mindre bordbombe til familiefesterne. Det er naturligvis Fætter Carl, som jeg taler om nu. Det vil de fleste sikkert nikke genkende til. Han var kendt vidt og bredt for sit gode humør. Han havde altid en munter bemærkning eller en frisk kommentar parat. Eller et rigtig kvikt gensvar. Eller en god historie om en af de tilstedeværende, som fik alle til at klukke af latter. Eller en endnu bedre historie om en af dem, der ikke var til stede, så han (eller hun, som han kunne fortælle en både hylende morsom (efter hans mening) og temmelig ekvivok (efter tilhørernes mening) historie om. Mange af dem fortalte han dog mest i udprægede mandeselskaber. Der var mange, der ikke brød sig om hans tilbøjelighed til at gøre sig lystig på kvindekønnets vegne. Der var faktisk også en del mænd, der syntes at han gik for vidt og sad og krummede tæer på deres eget køns vegne, når han fortalte sine historier.

Det var i det hele taget langt fra alle, der var glade for hans verbale bordbomber. Sådan kunne man faktisk godt betegne dem. Det var der i hvert fald mange, der gjorde. Der var også nogle, og det var endda ikke så få, der mente, at de tit ramte alt for hårdt og præcist. Mere end det var nødvendigt. Og så var der naturligvis også straks nogle andre (som f.eks. Fætter Frede), der straks mente, at det var nok bare, fordi de selv var blevet ramt på et ømt punkt. Og det var der faktisk også temmelig mange, der var blevet i tidens løb. Fætter Carl havde en særlig evne til den slags. Og det mest irriterende var, at som regel forstod at fortælle det på sådan en måde, at tilhørerne sad og hulkede af grin. Selv om det var noget, der nærmest var en tragedie. Det gjorde det naturligvis kun værre.

Men – som Fætter Frede straks påpegede, når det kom på tale, når vi unge sad i en lukket gruppe lidt for os selv og diskuterede Fætter Carl og hans specielle facon – så var det jo kun den ene side af det. Fætter Carl var jo på mange måder en munter og hyggelig fyr at være sammen med. Altid med et smil på læben – når det da ikke var et bredt grin – og med en medrivende latter, som det kunne være svært ikke selv at give efter for. Altid klar med en kvik bemærkning eller et hurtig gensvar, der tog fusen på alle. Han kunne altid fyre en vits af, og som regel en, der lige passede til situationen. Han havde et kæmpe lager af dem. Det var ofte kvinder, der ikke brød sig så meget om hans form for humor. Den kunne også godt være temmelig grovkornet. Men det var mest, når han havde fået noget at drikke, at han for alvor gik amok. Så skulle der helst ikke være nogen damer til stede.

Han kunne sandelig godt tage fra, når det gjaldt de våde varer. Som med næsten alt andet. Han var ikke nogen kostforagter, hverken med det ene eller det andet. Heller ikke, når det gjaldt damer. Men nu var det det med hans drikkevaner. Eller hans måde at reagere på, når han gik til den med de våde varer. Der var som regel et bestemt forløb i det. En bestemt måde, det plejede at udvikle sig på. Når han havde fået de første 4-5 bajere – eller 4-5 glas vin eller drinks, det spillede ikke den store rolle, han var nærmest altdrikkende – så begyndte hans altid snakkesalige mund af muntre kommentarer og vittige indfald, der bare ville og måtte ud. Næsten som om ordene og bemærkningerne havde deres egen vilje og bare VILLE ud i verden og lyttes til, og helst af hele den samlede familie eller vennegruppe eller hvad for et slæng, det nu lige var, han var havnet i.

Og han var jo god til det, han var virkelig morsom, så folk flokkedes jo om ham for at opfange alt det, han fyrede af. Ingen ville gå glip af underholdningen, når han gik i gang. Når han så havde fået nogle glas mere, så begyndte han på afsløringerne af bekendtes og familiemedlemmers små særheder og spøjse vaner og uvaner, men stadig på et ret harmløst og venskabeligt niveau, hvor de pågældende som regel selv kunne grine med.

Når han var nået op på en 12-15 glas, så tog det for alvor fart, hans ellers så overstrømmende humør begyndte at tage en lettere ironisk for ikke at sige en direkte sarkastisk drejning, hvor han med udsøgt kunstfærdighed. Men i hvert fald i begyndelsen af denne fase på en måde, så det ligesom virkede lidt tilfældigt, at han i forbifarten kom til at henlede opmærksomheden på en af de tilstedeværendes svagheder.

Men han startede som regel med en af de historier om ham eller hende, som folk kendte i forvejen, for ligesom fra starten at fastslå, at vedkommende, som det handlede om, var en misliebig person, og lidt efter gik han så videre med en af de helt nye, store eller mindre, undertiden ret små, skandaler, som ikke ret mange havde hørt om endnu. Det kunne ofte være en situation, hvor vedkommende virkelig havde kvajet sig. Også selv om det ikke i sig selv var noget særlig alvorligt. Men hvor han netop forstod at fremhæve dette helt nye og friske eksempel på den pågældende persons fordærvede karakter – og som regel tilmed på en måde, så alle de tilstedeværende virkelig spidsede ører. Han gjorde det grundigt og dygtigt, det må siges. Han havde en særlig evne til at få det til at lyde meget værre, end det i virkeligheden var.

Han plejede at starte med en enkelt person, som han gav en rigtig grundig overhaling. Det var som regel en af dem, der var lidt uglesete i forvejen. Når det så var på plads, og han eller hun var blevet grundigt gennemheglet, så kom næste trin, hvor han gik videre og tog familiens medlemmer – navnlig dem, der ikke var til stede – efter tur. Sådan helt systematisk, faktisk. Han havde ikke hastværk, tværtimod. Han gav sig god tid til at fortælle rigtig omhyggeligt om alle detaljerne i det hændelsesforløb, som han var i færd med at skildre. Inklusive de detaljer, som han selv havde fundet på, fordi de passede ind i mønsteret, eller i hvert fald havde overdrevet groft, og som tjente til at fortolke personens motiver og i det hele taget gøre beretningen mere farverig og underholdende.

Langsomt og tålmodigt arbejdede han sig igennem de fraværende familiemedlemmer en efter en, hele rækken igennem. Til sidst lykkedes det som regel for ham at få oppisket en stemning, så han kunne få samtlige tilstedeværende med på at synes, at selv agtværdige og hæderlige og nogenlunde respektable medlemmer af de forskellige grene af familien i virkeligheden var nogle temmelig tvivlsomme personer. Dem, der normalt blev betragtet som pæne og ordentlige mennesker, som der ellers ikke var nogen, der tænkte på at sætte spørgsmålstegn ved, men som han pludselig fik til at fremstå nærmest som nogle frygtelige slyngler og tvivlsomme, moralsk fordærvede personer, som man måtte overveje, om man nu også havde lyst til at fortsætte sit samkvem med. Alt sammen i en humoristisk indpakning, der samtidig latterliggjorde de pågældende og fik tilhørerne til at grine med.

Det var den virkning, som han havde på folk, når han rullede sig ud. Nogle kunne lide det, andre brød sig ikke om det. Som Fætter Frede flere gange påpegede, så var Fætter Carl måske ikke nogen stor taler – eller nogen stor oratorisk begavelse, som han kaldte det – sådan med hensyn til ordforråd og elegante formuleringer, eller med hensyn til konklusioner, der overholdt logikkens almindelige regler, men til gengæld var han en utrolig vedholdende og utrættelig taler, der kunne blive ved i timevis, når han først var begyndt.

Og som jeg vistnok allerede har fortalt, så skulle der ikke ret meget til for at sætte ham i gang. Udover at nedgøre eller udstille de ikke-tilstedeværende, så havde han en ganske særlig evne, som han tog i brug, når han havde været hele raden af fraværende bekendte og familiemedlemmer igennem – inklusive fjerne onkler og tanter i andre byer eller landsdele eller sågar i udlandet – og var ved at løbe tør for stof. Det var nok her, at mange syntes, at han begyndte at kamme over. For nu begyndte han at afsløre pinlige familiehemmeligheder, som alle ellers var enige om at holde skjult. Men stadig havde han denne særlige evne til at formulere det så vittigt og elegant, at alle andre end dem, der selv havde været involveret i det, det nu drejede sig om, ikke kunne lade være med at grine med. Nu gik han ikke længere uden om de tilstedeværende, men inddrog alle de familieskandaler, han kunne komme i tanker om, og det var ikke så få.

Hvordan han bar sig ad med at opstøve alle disse skandaler, ved jeg ikke, men han må have haft et ganske særligt talent for det. Uden tvivl tilføjede han også selv en hel del af detaljerne.

Nogle af historierne var jo egentlig gamle kendinge, som vi havde hørt før, men han formåede altid at tilføre de gamle skandaler et par ekstra afsløringer, eller i det mindste nogle flere saftige detaljer, eller en senere videreudvikling. Så i tidens løb blev alle de forskellige skandalehistorier længere og længere og mere og mere farverige og underholdende for hver gang, han genfortalte dem. Og hvis – eller når – der opstod nogle nye, dugfriske skandaler, eller blot nogle saftige rygter, så var han altid den første, der kunne give en samlet og fremfor alt interessant og detaljeret beskrivelse af skandalens fulde og forfærdelige omfang, og alle de involverede personers handlinger og deres næsten altid meget skumle motiver, nøjagtig sådan som det hele var foregået – eller i hvert fald med lidt god vilje (eller måske snarere med en hel del ond vilje) måske godt kunne tænkes at være foregået, hvis man tog fantasien til hjælp.

Der kan næppe være tvivl om, at Fætter Carl betragtede sig selv som familiens dommer og strenge moralske vogter. Nærmest som hele familiens samvittighed, der med alle sine skrækhistorier om umoral og uanstændig opførsel vogtede nidkært over, at familiens medlemmer holdt sig på dydens smalle sti, eller i hvert fald – og det er måske en mere korrekt beskrivelse, ud fra hans egen vurdering – sørgede for, at familiens medlemmer ikke fuldstændig gik til bunds i moralsk forfald og alskens dårskab, men dog kunne bevare i hvert fald skinnet af at være en hæderlig og anstændig familie, som det kunne være respektabelt for ham selv og alle andre at være medlem af.

Man kan undre sig over, at der aldrig rigtig var nogen, der satte spørgsmålstegn ved hans fremgangsmåde. Bortset fra ganske enkelte undtagelser, så var der ingen, der tog til genmæle, og der var heller ikke nogen, der bemærkede det ret paradoksale i, at det, der startede som et udslag af godt humør, ja nærmest som en glad feststemning og overstadig munterhed, endte med hårde anklager og pinlige afsløringer af alle de skeletter, der gemte sig rundt omkring i familiens mange skabe, efterhånden som fortællingerne tog fart og kørte ud ad den ene tangent efter den anden i takt med, at han – og tilhørerne – fik mere og mere at drikke.

Men på den anden side, så var det måske netop denne umærkelige glidning fra muntert festhumør til moralsk forargelse – dog stadig tilsat rå mængder af vittige pointer og lattervækkende morsomheder på de pågældendes bekostning – der gjorde, at tilhørerne lige så stille blev lokket eller forført ind i hans omfattende univers af familieskandaler og almindelig sladder og nedrakning, efterhånden som de tilstedeværende også selv fik mere at drikke.

Det skal dog ikke nægtes, at han i tidens løb fik en del fjender blandt dem, der følte sig mest ramt af hans mere eller mindre vanærende historier om dem. Det gjaldt især nogle af dem, der kun sjældent var med til sammenkomsterne, måske fordi de boede i den anden ende af landet, eller i hvert fald ret langt væk, og for fleres vedkommende også, fordi de havde skiftende arbejdstider eller arbejdede på skiftehold, så de kun sjældent eller aldrig havde mulighed for at deltage i de sædvanlige familiefester og andre former for sammenkomster.

Muligvis var det dette, der var årsag til nogle af de teorier om Fætter Carls forsvinden, der blev fortalt, da vi var flere grene af familien, der var samlet til stor middag med andesteg. Eller også var det noget helt andet og meget mere mystisk. Grunden til, at vi var samlet, var at det var Mortens aften.

Det år blev der som sædvanligt holdt en stor Mortensaftens-fest, for det var blevet en fast tradition i vores familie. Næsten noget på linje med de store helligdage, som julen, eller i hvert fald på niveau med påsken, og klart større end pinsen. Måske som en slags trøst, fordi det indvarslede den mørke årstid, og fordi november dybest set er den måned i året, hvor man trænger allermest til en stor og livlig gang fest i familiens skød, hvor man kunne trøste sig selv og hinanden med et ordentligt læs god mad og drikke.

Så det var en rigtig stor fest med næsten 30 deltagere. Efter den tredje snaps til at skåle med anden – udover rødvinen, naturligvis, og en tidlig nisseøl til os børn – så var alle enige om, at næste gang, der skulle laves om på helligdagene, så burde der både være Mortens Aften og 1. Mortens dag og 2. Mortens dag, så mødet med novemberregnens trængsler og indvarslingen af cirka fem måneder med koldt og mørkt vejr kunne ske på en ordentlig måde.

Men kunne vel altid finde to andre helligdage, der kunne nedlægges, eller rettere sagt flyttes til november. Der var jo mange flere helligdage om foråret, så de burde da være mere jævnt fordelt, mente man. Det kunne i sig selv skabe store diskussioner internt blandt de tilstedeværende, selv om alle var enige om det grundlæggende. Men hvilke helligdage var det nu, der skulle nedlægges til fordel for en langt mere behørig fejring af mortensdagene. Det kunne de få meget tid til at gå med at diskutere.

Men hvorfor ikke bare lave to ekstra helligdage, var der så altid en eller anden, der foreslog, når man havde siddet og diskuteret det tilstrækkelig længe. Det måtte da være en klar nummer et, blev det fremført. Og det fik straks stort bifald hele bordet rundt, og der blev stor travlhed med at hente mere snaps ind fra køl, så der var nok til at skåle for den gode idé tilstrækkelig mange gange.

Men det, jeg egentlig ville fortælle, det var, at netop det år var Fætter Carl, som jeg vist allerede har nævnt, ikke med til den store Mortens aftens middag. Det plejede han ellers altid at være. Han var som regel altid en af de ivrigste deltagere. Derfor var det en stor gåde, hvorfor han ikke var med. Vi anede simpelthen ikke, hvad der var blevet af ham. Der var flere, der havde prøvet at ringe til ham, men uden noget som helst resultat. Et par stykker var kørt hen til hans, for at se, om han var der, og om der muligvis var sket ham noget. Men der var han heller ikke. Det var virkelig et mysterium. Lige så langt tilbage, som nogen kunne huske, så var det aldrig før sket, at han bare var udeblevet på den måde. han plejede at være en af de mest ivrige og derfor også mest mødesikre deltagere i næsten enhver form for familiesammenkomst, og da især, hvis det var af denne her slags. Hvis der endelig gang imellem, hvor han var blevet forhindret, på grund af sygdom eller andet, så havde han altid tidligere sørget for at melde afbud. Der var simpelthen ingen, der kunne forstå det.

Der blev naturligvis spekuleret ihærdigt over, hvad der kunne være sket, og der kom straks nogle mere eller mindre løse rygter, gætterier og formodninger på banen. Nogle mente, at det nok havde noget at gøre med det gamle, som Fætter Carl for nogle måneder siden havde fået narret fra Moster Xenia – sådan blev det sagt – for et latterligt lavt beløb, der var langt under det gamle antikke og smukt blomsterbemalede skabs reelle værdi. Sammenhængen skulle så blandt andet være, at Fætter Carl havde forsøgt at sælge skabet til en antikvitetshandler – naturligvis til en meget højere pris, for den slags var han jo også mester i – og at der så var gået noget galt mellem antikvitetshandleren og Fætter Carl.

En af de ivrigst talende mente, at det vist nok var fordi fætter Carl endelig ladet sig overbevise af moster Xenias argumenter om at skabet er et gammelt klenodie, der bør blive i Danmark og ikke under nogen omstændigheder bør sælges til udlandet, som antikvitetshandleren ville gøre, og Fætter Carl har derfor aflyst handlen med antikvitetshandleren, som derved mister en kæmpe fortjeneste, og det bliver han så rasende over, fordi han har en kæmpe spillegæld, og vist nok også flere andre former for gæld, som ligefrem truer hans firma med konkurs, og det skulle det her salg af skabet til nogle samlere i udlandet for en tårnhøj pris så redde ham ud af.

Så derfor bliver han rasende på Fætter Carl, så han opsøger ham og prøver at overtale og true ham til at sælge skabet til ham alligevel. Men det vil Fætter Carl ikke, selv om han ellers aldrig plejer at gå af vejen for en god handel og en hurtig fortjeneste. Så prøver ham der den temmelig grove og virkelig ubehøvlede antikvitetshandleren at true Fætter Carl til at fortælle ham, hvor han har gemt skabet.

Og da Fætter Carl nægter, så bliver han endnu mere rasende og tærsker han løs på ham og slår ham ihjel eller i hvert fald tæt på det. her var der uenighed blandt tilhængerne af denne teori, om hvor slemt det var gået ud over Fætter Carl, men alle var dog enige om, at det sikkert havde været meget alvorligt. Ellers var der jo ligesom heller ikke rigtig noget ved historien, var der flere, der mente. Blandt dem, der mente, at det havde været rigtig, rigtig slemt, eller ligefrem fatalt var der der to af dem, der i længere tid havde været stærkt kritiske over for Fætter Carl og hele hans måde at gebærde sig på, men det indgik nu faktisk slet i diskussionen.

Derimod kom der nu noget nyt på banen. Der var nemlig en, der mente, at han havde hørt noget om, at det famøse skab havde vist sig at være en dygtig forfalskning, hvad ingen åbenbart tidligere havde opdaget, før en af Fætter Carls bekendte havde ladet en anden bekendt, der efter sigende skulle være ekspert, kigge nærmere på det, og han opdagede så nogle små skjulte detaljer, der afslørede, at det var af langt nyere dato og bemalingen på det – et i øvrigt meget smukt blomstermotiv slet ikke passede til den periode skabets stil og typen af snedkerhåndværk skulle stamme fra.

Nu skete der for det første det, at moster Xenia blev enormt ked af, at det fine gamle skab, som hun havde arvet fra mor, og som hun i mange år havde hæget om som et næsten uerstatteligt klenodie, nu var blevet afsløret som en forfalskning. Hun blev ikke alene ked af det, hun blev også så rasende og så vred på Fætter Carl, der jo var skyld i, at det var blevet afsløret, så det meget vel kan tænkes, at det var hende, der var gået løs på Fætter Carl og enten slået ham ihjel eller i hvert fald havde prøvet på det, og sikkert også været tæt på at lykkes med det. Det var især onkel Kenneth, der fremførte denne teori, som faktisk vandt en vis genklang hos nogle af tilhørerne.

Det blev hurtigt fulgt op af en anden forklaring, som flere mente lød mere sandsynlig. Man var nemlig enige om, at den anden ting, der efter al sandsynlighed var sket samtidig med moster Xenias raseri over at forfalskningen var blevet afsløret, var et om muligt endnu større raseri hos antikvitetshandleren, der nu blev om muligt endnu mere vred på Fætter Carl, som han uden tvivl beskyldte for at have vidst det hele tiden og derfor havde prøvet på at snyde ham, dengang da han stadig var indstillet på at sælge skabet til ham.

Samtidig blev han om muligt endnu mere ivrigt efter at få fat på skabet, så han kunne skynde sig at sælge det videre til en eller anden rigmand, inden forfalskning blev kendt af andre. Han derfor nu endnu mere motiv til at gå virkelig hårdt til Fætter Carl for at få skabet ud af ham. Men nu var Fætter Carl sandsynligvis blevet stædig – det kunne han nemlig også tit blive, og så var der simpelthen ikke noget at stille op, det vidste man da i hvert fald – og så kan enhver jo forestille sig, hvor voldsomt og dramatisk det efter alt at dømme måtte have udviklet sig.

Denne teori vandt straks gehør, selv om der stadig var nogle, der var tilhængere af den forrige forklaring om, at det nok var moster Xenia, der var skyld i, at Fætter Carl var blevet sat ud af spillet, men at hun sikkert langt fra havde slået ham ihjel, men sikkert blot havde givet ham nogle solide ørefigner ligesom dengang han var dreng og hun passede ham. det var jo velkendt, at han allerede dengang måtte have været en ulydig knægt, der hele tiden lavede ballade og alverdens ulykker; allerede var det simpelthen umuligt at forestille sig, når ham kendte ham som var i dag og med hele den måde, han førte sig frem på.

Men muligvis kunne der så være sket det, at Fætter Carl havde stået et uhensigtsmæssigt sted, da bygen af øretæver ramte ham, så han måske af den grund havde mistet balancen og var faldet enten bagover eller til siden – det var der lidt uenighed om – men at han i hvert fald var faldet så uheldigt, så han havde slået hovedet imod noget hårdt eller skarpt, og at det var derfor, han var kommet så alvorligt til skade, som næsten alle var enige om, at han utvivlsomt var.

Der var dog også en helt tredje – eller fjerde eller femte – og for så vidt meget mere simpel og nærmest harmløs forklaring på, hvad der var sket og den gik simpelthen ganske enkelt ud på, at han skulle være ....

(de efterfølgende sider med notater om dette er desværre bortkommet, så derfor er det beklagevis ikke muligt at opklare, hvad det egentlig var, der skete med Fætter Carl).

En julemiddag som det foregik i gamle dage

Det blev en lidt særpræget jul. Det var det jo faktisk hvert år, syntes vi børn. Men den var nok alligevel lidt mere særpræget end ellers netop det år. Det er nok derfor, jeg husker den særlig godt. Det startede jo ellers meget normalt. Efter gåsen, hvor vi andre og ikke mindst tante Julia var kommet rigtig godt i stemning og snakkede muntert med hinanden tværs hen over bordet, så skete der jo det, vi på en måde sad og ventede på. Nemlig, at tante Julia fik øje på de to brødre fra Korinth, der sad tavse og uudgrundelige og nærmest så ud som om de gemte sig. Fuldstændig som de plejede. Og det blev hun temmelig irriteret over. Fuldstændig som hun plejede. Det kunne næsten udnævnes til en af vores faste juletraditioner. Vi sad bare og ventede på, hvornår det ville ske. Og nu kom det så, det der for alvor slog fast, at nu var det virkelig blevet jul. Med en stemme, der kun snøvlede en lille smule, fordi det stadig var tidligt på aftenen, udbrød hun: ”I sidder jo bare der som et par døde murere. Kan I nu ikke tage jer lidt sammen og tage del i festen ligesom os andre. Tag bare for jer af retterne,” sagde hun og slog ud med hånden i retning af et større batteri af vin- og spiritusflasker, hvorved hun kom til at vælte en flaske fin gammel årgangscognac, som hun havde fået i julegave af en eller anden året før. Det lod dog ikke til at anfægte hende noget videre. Måske fordi der næsten i samme øjeblik blev råbt ivrigt på hende fra den anden ende af bordet. Det var hendes halvsøster fra Odense, der ville høre hendes bud på et særligt vanskeligt ord fra avisens kryds- og tværs, der havde plaget hende det meste af dagen. Heller ikke de to døde murere lod sig påvirke af den lille begivenhed med cognacflasken.

Den eneste, der tog sig af det, var onkel Sofus, der sad der, hvor bordet skrånede mest, og vel at mærke ned imod der, hvor han var placeret, så da cognacen fra den væltede flaske begyndte at løbe hen ad bordet netop i hans retning, så tog han stille og roligt – og uden at sige et ord – sit næsten tomme vinglas, tømte det hurtigt for den lille sjat, der var tilbage i det, og holdt det hen under bordkanten, lige netop der hvor cognacen kom løbende hen over dugen. Glasset blev fyldt til randen, og så fortsatte han med sit glas til den efterfølgende hedvin, der stod parat ved siden af vinglasset, så det også blev fyldt, og så kunne ellers sidde og nyde den dyre cognac til gåsestegen.

Imens gik juleaftensmiddagen sin slagne gang for alle os andre og bevægede sig langsomt fremad mod den beskedne gaveuddeling. For dengang var det en hel del anderledes med den slags end nu i dag så mange år senere. Dengang blev der ikke lagt nær så meget vægt på de materielle ting som i dag. Til gengæld var det selve samværet og julehyggen, der stod i højsædet. Godt hjulpet på vej af de forjættende flasker med forskellige slags vin og spirituosa. Det hed det faktisk dengang, sådan lidt mere officielt, med et underligt halv-latinsk fremmedord. Første gang, jeg som dreng hørte ordet, vidste jeg ikke, hvad det betød, og troede derfor, at det kunne være et pigenavn i stil med Rosa, og jeg syntes ligefrem, at det lød som et rigtig flot og romantisk navn på en pige, som man godt kunne blive charmeret af og forelske sig i og måske gifte sig med og følges med gennem hele livet, som det dengang var på mode. Og denne lille misforståelse morede de voksne sig meget over, da det hørte det. En særlig vittig onkel sagde, at den knægt skulle nok blive til noget, når jeg allerede i så ung en alder var i stand til at sammenfatte de tre grundlæggende begreber vin, kvinder og sang i et enkelt præcist og rammende ord.

Alle de mangfoldige flasker på julebordet var enkeltvis eller et par stykker ad gangen blevet medbragt til julefesten af hver enkelt af deltagerne som en slags adgangsbillet til festlighederne. Selv de døde murere havde vistnok medbragt et par flasker sur hvidvin af den slags, der så småt er på vej til at slå om til eddike, sådan som de plejede.

Til gengæld sørgede tante Julia for det allermest centrale indslag i vores traditionsrige julemiddag, nemlig gåsen. For det var nemlig en for længst fastslået tradition, at vi til julemiddagen fik gåsesteg og hverken and eller flæskesteg. Det at nøjes med and eller flæskesteg til selve julemiddagen, Det blev dengang – i hvert fald i vores familie – betragtet som en lidt mere fattig eller plebejisk form for julemad. Det kunne man spise alle de andre dage i julen, ja faktisk hele julemåneden, hvor der blev serveret langt mere af disse kødretter end vi normalt var vant til i vores hverdag.

Men træerne vokser jo som bekendt ikke ind i himlen. Så selv om vi – efter de fleste familiemedlemmers faste overbevisning - hørte til de lidt finere lag af samfundet, fordi vi spiste gås juleaften, så var det altså kun en halv gås. Og da vi som regel var en tre-fire håndfulde slægtninge, der deltog i denne julemiddag, så var der kamp om de gode stykker. Til gengæld var der rigeligt af tilbehøret. Især af de hvide kartofler og rødkålen var der en guds velsignelse af, mens de brunede kartofler blev fordelt efter en slags kvotesystem, for at være sikker på, at alle kunne få i hvert fald et par stykker af dem. De var jo noget vanskeligere at tilberede, når de skulle sukkerbrunes. Der kunne ikke være ret mange på panden ad gangen, så det tog jo sin tid. Og så skulle de tilberedes af de små og noget dyrere pillekartofler. Hvorimod de hvide kartofler var de store grove vinterkartofler, der kogte ud og blev melede, når de blev kogt. Til gengæld var de billige i indkøb og nemme at tilberede, fordi de stort set passede sig selv, når de først var sat over ilden og bragt i kog.

Tante Julia handlede naturligvis hos de små lokale butikker, næsten ligesom alle gjorde dengang. Det var før de store supermarkeders og discountbutikkernes tid. Langt de fleste butikker var stadig ret små mand- og kone-butikker, også når det gjaldt fødevarer. Og de solgte kun varer indenfor en bestemt kategori. Så man måtte gå til slagteren for at købe kød, til grønthandleren for at købe grøntsager, til bageren efter brød, til fiskehandleren efter fisk, i vinhandelen, hvis man skulle bruge noget vin, og til ismejeriet for at købe mælk, smør og æg. Ost købte man derimod hos ostehandleren og kaffe og kolonialvarer, som det blev kaldt, hos købmanden eller hos Irma, hvis man boede i København, for det var kun der, der fandtes Irma-butikker. Der var også nogle, der konsekvent handlede hos Brugsen, der dog mest solgte købmandsvarer og ikke kød eller frisk fisk. Og der skulle man være medlem.

Så tante Julia købte sine grøntsager, og altså også sit store forbrug af kartofler, både til jul og til daglig, hos den lokale købmand, der var en midaldrende, lidt korpulent mand, der havde sin butik liggende i en sidegade til hovedgaden, ikke ret langt fra, hvor hun boede. Købmandsbutikken lå lige ved siden af bageren og de to havde i årevis haft en eller anden strid kørende, som det aldrig rigtig lykkedes nogle af at få hold på, selv om mange luftede deres teorier om, hvad der var det egentlige grundlag for den. Det kunne der nemlig strikkes mange underholdende historier sammen om. Den mest almindelige forklaring var dog efterhånden blevet den i og for sig ret enkle, at bageren for nylig havde fået renoveret sin butik og havde udvidet sit sortiment – men stadig kun af brød og kager. Men det var lykkedes så godt, at hans omsætning var steget kraftigt. Han var blandt andet begyndt at bage de lange tynde franske brød, der i deres hjemland hedder baguettes, men som her i landet af en eller anden grund altid er blevet kaldt flutes. Det var, i visse kredse – som min tante absolut ikke tilhørte – blevet moderne at spise flutes til middagsmaden i stedet for kartofler – i hvert fald til søndagsmiddagen. Bageren reklamerede voldsomt både for sine flutes og for andre nye brødtyper, han var begyndt at bage, blandt andet grahamsbrød og hjemmebagt rugbrød, hvilket dengang var noget nyt. Han reklamerede blandt for sine varer med slogans som "Spis rugbrød og bliv kernesund."

Denne udvikling var grønthandleren jo ikke særlig begejstret for, selv om han måske nok overdrev det en smule. Men sagen var jo, at hans omsætning faldt, mens bagerens steg. Og så satte han det ind i den sammenhæng, uanset om det nu var berettiget eller ej. Men grønthandleren blev anset for at være temmelig religiøs og et mangeårigt, aktivt medlem af Indre Mission. Så var nok derfor, man mente, at han hentede SIT slogan fra den religiøse verden. Han fik nemlig lavet et stort skilt, hvor der stod "Mennesket lever ikke af brød alene". Hvormed han åbenbart mere mente kartofler, kål og gulerødder end åndelig føde. Skiltet var rigtig flot malet af byens dygtigste skiltemaler, og han havde fået det sat op på butiksfacaden i den ende, der vendte ind mod bagerbutikken. Lige på den anden side af skellet havde bageren allerede i flere måneder haft SIT skilt hængende, hvor der stod "Spis rugbrød og bliv kernesund." men skiltet var både mindre og ikke nær så flot malet som grønthandlerens, så det varede ikke længe, for bagermester Jensen var henne hos byens førende skiltemaler for at få et lavet skilt, der var lidt større og flottere end grønthandlerens. Men stadig med det samme slogan.

Det kunne grønthandleren naturligvis ikke have siddende på sig, så han skyndte sig hen til skiltemaleren for at bestille et nyt skilt med sit slogan. Og det skulle naturligvis være både større og flottere end bagerens skilt. Og så gik det ellers slag i slag med stadig større og flottere skilte med deres respektive slogans. Ingen af dem ville lade den anden have det største og flotteste skilt på facaden.

Men det var altså der, tante havde købt sine kartofler – både de små pillekartofler, der skulle sukkerbrunes, og adskillige kilo af de store grove kartofler af sorten bintje, der blev kogt til almindelige hvide kartofler, der blev serveret som et aldeles vigtig tilbehør til den varme mad så at sige hver eneste dag. Ellers havde vi kun sjældent kunnet spise os mætte. Men det gjaldt nu for de fleste dengang. Kødforbruget var meget mindre end i dag. Langt bedre for klimaet ude i verden, og måske undertiden lidt dårligere for klimaet omkring middagsbordet, hvis det var en af de dage sidst på måneden, hvor der kun var en HALV frikadelle til hver af os børn – og en hel til vores far og ingen til vores mor, og så ellers et kæmpestort fad med udkogte, melede kartofler, der som regel blev serveret med en slags dyppelse, der egentlig bare var noget meljævning, der ikke smagte af ret meget, men som alligevel var nødvendigt for overhovedet at få det til at glide ned.

Men nu var det jo altså julemiddagen, det drejede sig om. Sovsen var der også rigeligt af. Den tykke brune sovs, der var lavet på afkoget fra bradepanden, hvor gåsen var blevet stegt. Det var vigtigt, at der var sovs nok, så man ikke løb tør undervejs. Der blev hentet mere sovs ude i køkkenet ad flere omgange, efterhånden som sovsekanderne blev tømt. Det var vigtigt, fordi de melede hvide kartofler så gled lettere ned. Også rødkålen fik en dejlig smag, når den blev blandet med rigelige mængder af den fede brune sovs. Og det blev den. Ganske vist blev sovsen tyndere og tyndere for hver gang sovsekanderne blev fyldt op. Men det var nu ikke nogen, der tænkte over, når først stemningen omkring julemiddag begyndte at stige lidt i vejret.

Men gåsestegen med diverse tilbehør af brune og hvide kartofler, brun sovs, rødkål og ribsgele var jo i virkeligheden kun den ene halvdel af måltidet. Rent mængdemæssigt i hvert fald. Den

142

anden halvdel bestod jo af risengrøden. Og det var ikke den nymodens ris-a-la-mande. Det var den rigtig gode gammel dags, tunge risengrød, som man dengang spiste FØR hovedretten. Hvad enten denne nu var gåsesteg, andesteg eller det mere almindelige, flæskesteg – og det ville dengang næsten altid sige ribbensteg af den type med rigtig meget fedtmarmorering.

Hos os, som hos de fleste dengang, blev måltidet for en sikkerheds skyld indledt med en svingende stor portion risengrød, der kunne lægge en solid bund selv i fattigfolk, som man sagde dengang. Så man fik den værste sult stillet og ikke kunne spise så meget af hovedretten. Risengrøden blev naturligvis ifølge traditionen serveret med en smørklat – jeg tror dog nok, at det i virkeligheden var almindelig OMA-margarine, for det var meget sjældent at vi spiste rigtigt smør, det var så godt som altid margarine. Og så dryssede man kanelsukker ud over – i dagens anledning med ekstra meget kanel blandet i strøsukkeret, som tante altid understregede.

Ve den, der ikke tog mindst to gange af risengrøden. Han eller hun blev nidstirret af de øvrige, som om der nærmest var tale om noget halvkriminelt. Det var absolut ikke velset.

De to døde murere fra Korinth havde i mellemtiden besluttet sig til i det mindste at gøre et forsøg på at være lidt mere med i festen. Den ene af dem trak pludselig en lille flaske snaps op af lommen på sin noget krøllede habitjakke. Det var en af de helt små snapseflasker, der blev kaldt en kylling, og som dengang var meget almindelig, fordi den var så nem at have med i en jakkelomme eller for den sags skyld i en bukselomme.

Han hældte stille og roligt omkring halvdelen af indholdet ud i sin tallerken med risengrød, rørte godt rundt med skeen for at fordele snapsen nogenlunde jævnt i grøden, og rakte så den stadig halvfulde flaske til den anden af de døde murere, der uden et ord tog imod den og fulgte den samme fremgangsmåde. Derpå dryssede de ekstra meget kanelsukker på og gav sig til at æde løs af risengrøden. Det samme gentog sig med portion nummer to af risengrøden, idet de to døde murere åbenbart havde medbragt indtil flere af de små snapseflasker, fordi de var blevet trætte at blive kritiseret for deres manglende feststemning og deres generelt temmelig sløvt og apatisk virkende fremtoning.

Derpå bad de om en portion til af risengrøden – nummer tre – og endda derefter en til, så de begge endte med at spise fire store portioner risengrød, fortyndet med pænt store mængder Rød Aalborg. Hvilket efter de flestes mening var grunden til, at de kunne sætte så store mængder til livs, for ellers var der endnu ingen, der havde spist hele fire store portioner risengrød til julemiddagen. Resultatet blev da også, at de efter den fjerde portion ikke alene var blevet i betydeligt mere muntert og livligt humør, grænsende til det pjattede, men også, at de var blevet så stopmætte, så de slet ikke kunne spise noget af gåsestegen. Det kom de dog ikke til at høre et ondt ord for, tværtimod, for så blev der jo lidt mere til os andre.